BLANCHE CAPELLO

LA FILLE DE VENISE

DRAME HISTORIQUE EN CINQ ACTES, EN VERS

PAR

CAMILLE BAINVILLE

❧

PARIS

IMPRIMERIE ET LIBRAIRIE CENTRALES DES CHEMINS DE FER

IMPRIMERIE CHAIX

SOCIÉTÉ ANONYME AU CAPITAL DE CINQ MILLIONS

Rue Bergère, 20

1893

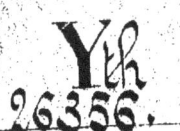

BLANCHE CAPELLO

LA FILLE DE VENISE

DRAME HISTORIQUE EN CINQ ACTES, EN VERS

PAR

CAMILLE BAINVILLE

PARIS

IMPRIMERIE ET LIBRAIRIE CENTRALES DES CHEMINS DE FER

IMPRIMERIE CHAIX

SOCIÉTÉ ANONYME AU CAPITAL DE CINQ MILLIONS

Rue Bergère, 20

1893

DÉDICACE

A toi ces vers, Florence de nos jours !
Ces vers chantant les élans d'un autre âge !
S'ils ont mal peint le progrès où tu cours,
D'un cœur français ils sont du moins l'hommage.

La liberté, fille de tous les temps,
Dans ta grande âme avait laissé son germe...
Il vient d'éclore... et ses nobles accents
Ont répondu de Milan à Palerme.

Tu vas revivre ! et d'une autre splendeur
Que celle, hélas ! que les tyrans t'ont faite !
Tu vas briller... Le glaive de la peur
N'est plus enfin suspendu sur ta tête !

Ah ! partageons cette gloire en deux parts !
L'une pour toi, l'autre pour notre France !
A toi l'honneur de la reine des arts !
A nous celui de ton indépendance !

PERSONNAGES

FRANÇOIS DE MÉDICIS, grand-duc de Florence.
FERDINAND DE MÉDICIS, frère de François.
PAZZI, Florentin.
CAPPONI, Florentin.
BORELLO, prêtre, Vénitien.
BARBARO, confident de François.
DON SALVA, envoyé de Philippe II, roi d'Espagne.
BLANCHE CAPELLO, grande-duchesse, épouse de François.
ANITA, confidente de Blanche Capello.

DÉLÉGUÉS DE PROVINCE, SEIGNEURS DE LA COUR,
LANSQUENETS, UN HUISSIER DU PALAIS.

La scène se passe à Florence en 1587; et l'action, pendant le premier acte, sur la place de la Signoria (grande place Ducale); et, pendant les quatre autres, dans la salle du palais Vecchio, nommée encore aujourd'hui Salle des Cinq-Cents.

BLANCHE CAPELLO

ACTE PREMIER

La grande place ducale — à gauche, à quelque distance, le palais Vecchio ; au fond, dans l'éloignement, la denteleure des Apennins, et à droite
un parapet cachant l'Arno qui coule à ses pieds.

SCÈNE PREMIÈRE

CAPPONI, puis PAZZI.

CAPPONI, à voix basse.

Quoi ! Pazzi dans nos murs ! méprisant tout péril !
Quel sinistre projet te fait sortir d'exil ?
As-tu donc oublié la haine et la colère
Que nourrit contre toi notre nouveau Tibère ?
Apprends qu'à ses forfaits il donne un libre cours...
Qu'il est toujours le même ; enfin, crains pour tes jours !

PAZZI, à voix haute.

Ta main, cher Capponi ! Salut, douce Florence !
Que tu me parais belle après dix ans d'absence !

Exilé loin de toi, j'étais las de souffrir,
Et me suis dit : partons... la revoir... et mourir !
L'air d'exil m'étouffait... celui de la patrie
Peut seul rendre la force à mon âme flétrie ;
J'ai bravé les rigueurs d'un tyran que je hais,...
Il peut trancher mes jours... mais m'asservir... jamais !

Avec mélancolie.

Heureux qui dans les lieux où coula son enfance
Achève sans cahots sa paisible existence !
Sur le sol étranger, regrettant son pays,
Il n'a pas à pleurer tous ses biens envahis ;
Le foyer paternel couvre toujours sa tête...
L'avide courtisan n'en fait pas sa conquête...
Son cœur, comme le mien, n'est jamais ulcéré
Par la honte de voir son nom déshonoré !

CAPPONI.

Ah ! Pazzi, je te plains !

PAZZI.

Je ne suis plus à plaindre.
Mes maux sont à leur comble et je n'ai rien à craindre.
Le cruel Médicis, hélas ! m'a tout ravi !
Je ne sais même plus s'il me reste un ami !
L'abandon le plus dur suit toujours l'infortune,
Et qui perd son crédit perd l'amitié commune.

CAPPONI.

Tu n'es pas oublié, Pazzi, tu ne l'es pas...
Mais fuyons ce palais... suis-moi de quelques pas...
Il y va de tes jours... viens chez moi... du silence !
Hélas ! tout porte ombrage au grand-duc de Florence !

PAZZI.

Noble cœur ! je rends grâce à ta fidélité ;
Les maux m'avaient aigri... pardon si j'ai douté ;

Et pour premier tribut de ma reconnaissance...
Je me confie à toi... je viens... chercher vengeance!

CAPPONI.

Tu viens chercher la mort! apprends donc qu'en ce jour
L'affluence des grands est énorme à la cour;
Les quelques délégués nommés par la province
Jurent obéissance à François notre prince;
Florence est en rumeur, pourtant rien n'est nouveau...
Si ce n'est, m'a-t-on dit, notre bourg d'Arezzo
Qui, s'étant affranchi d'une inique contrainte,
Nous offre un citoyen plein d'honneur et sans crainte.

PAZZI.

Et de cet envoyé que dit le peuple ici?

CAPPONI.

Hélas! qu'il est perdu! qu'Arezzo l'est aussi!
Ce fait de liberté que nous trouvons sublime,
Que nous n'imitons pas... François le juge un crime.
L'amour de la patrie aujourd'hui n'est plus rien!
Flatter, ramper, se taire est ce qui seul est bien.
Malheur à l'imprudent qui, d'un zèle farouche,
Laisse la vérité s'échapper de sa bouche!

PAZZI.

Qu'il tremble!

CAPPONI.

            Tu l'as dit.

PAZZI.

                        Je ris de ton effroi;
Je n'ai donc qu'à mourir, car cet élu... c'est moi!
Écoute : cet exil où m'a plongé ton maître,
Ces jours si douloureux, si longs à disparaître,

Ces jours accompagnés de tourments assidus,
Ces jours qui font dix ans n'ont pas été perdus !
Arraché sans pitié du foyer de mes pères,
Les Apennins m'ont vu pleurer sur mes misères ;
Tantôt, fuyant le jour dans leurs antres profonds,
Je cachais aux mortels ma rage et mes affronts ;
Tantôt, avec ardeur escaladant leurs crêtes,
Je m'exposais cent fois aux fureurs des tempêtes ;
D'impétueux torrents roulaient à mes côtés,
Et répandaient la mort sur leurs bords dévastés ;
Leur fracas sur le roc augmentait mes délices ;
Je mesurais des yeux leurs sombres précipices ;
Et, croyant voir en eux un éternel repos,
J'aurais dans ces déserts voulu finir mes maux.
Mais ces brûlants transports qu'animait la nature,
Loin d'apaiser mon âme, en rouvraient la blessure ;
Hélas ! la solitude est un séjour de paix :
Le chagrin s'y nourrit et n'y périt jamais.
C'est alors que, courant de village en village,
A ces peuples épars j'inoculais ma rage ;
J'allais silencieux, comme un conspirateur,
Soufflant l'inimitié, la haine à l'oppresseur.
Les ombres de la nuit protégeaient mon délire ;
Le pauvre m'accueillait en plaignant mon martyre ;
Et moi, je lui rendais son hospitalité
En exaltant son âme au cri de : Liberté !
Je versais mes douleurs dans le sein de mon hôte,
Lui nommant mes aïeux dont je portais la faute !
La faute ! pardonnez, ô mânes des Pazzi !
Vous aimiez la patrie et moi je l'aime aussi !
Si c'est un crime ! eh bien ! je suis votre complice...
Je veux, je dois mourir de votre dur supplice !

CAPPONI.

Plus bas !

PAZZI.

J'ai vu partout notre peuple toscan
Comme la lave en feu dans le sein d'un volcan ;
Il murmure, il s'agite avec des rumeurs sourdes;
Il est prêt à briser les chaînes les plus lourdes ;
Nos nombreuses cités Prato, Pise, Arezzo,
Nos fertiles vallons arrosés par l'Arno,
Gémissants sous un joug plus dur que la conquête,
N'attendent qu'un signal pour relever la tête.
Qu'il soit donné ce soir, ce signal, et soudain
L'opprimé d'aujourd'hui se voit libre demain !
La Toscane s'éveille au cri de délivrance :
La guerre aux Médicis et la paix à Florence!
C'est le cri, c'est le vœu d'un peuple tout entier !
C'est celui des Pazzi dont je suis le dernier !
A la gloire, Toscans ! plus de deuil ! plus de larmes!
Les fers souillent nos bras, quittons-les pour les armes !

CAPPONI.

Plus bas, Pazzi, plus bas ! réprime cette ardeur...
Trop souvent sous ces murs se cache un délateur...
Ne crois pas tenir seul cette place déserte,
L'oreille des tyrans est constamment ouverte.

PAZZI.

Oui, mais en ce moment François de Médicis
De ce Cosmo odieux le noble et digne fils,
S'abandonne au sommeil, se livre à l'indolence,
Et laisse malgré lui le repos à Florence.
Dors, malheureux pays ! trois siècles de grandeur
Te permettent de fuir de nouvelles splendeurs !
Dors... sur le sein flétri d'une Vénitienne.
Ton souverain oublie et ta gloire et la sienne.
Puisses-tu ce matin échapper au réveil !

Quel tableau plus qu'affreux va t'offrir le soleil
Tu verras avili le sceptre de Toscane
Entre les mains d'un traître et d'une courtisane !
Tu verras l'échafaud, de criminels abus !
Mais c'est ta liberté que tu ne verras plus !
O Déesse trompeuse ! elle a trahi nos armes !
Nos chants triomphateurs se sont changés en larmes !
Nos lauriers si fleuris maintenant sont fanés
Et tombent sur le sol de nos fronts consternés !

CAPPONI.

O destin trop funeste !

PAZZI.

O cruel esclavage !

CAPPONI.

Nous perdons tout espoir !

PAZZI.

Vous perdez tout courage !
Moi, je règne et me plais dans la difficulté ;
Qui méprise la mort est toujours redouté.
Ami, ranime-toi ! voici le jour qui brille,
Nous allons nous quitter... Mais songe à ta famille !
Songe à ces Capponi, tes illustres aïeux,
Qui dans ces murs déserts te suivent de leurs yeux !
Songe à leur noble sang et songe à leur mémoire !
Songe à notre patrie et songe à notre gloire !
Ces objets si chéris sont tout prêts à rougir,
Si dans le déshonneur tu te laisses fléchir !
Ah ! puisses-tu sentir fermenter dans tes veines
Ce sang dont la vigueur leur fit donner des chaînes !
Ce sang qu'ils prodiguaient pour leur chère cité,
Et dont les Médecis eux seuls ont profité !
Égaux par leurs malheurs, égaux par leur grande âme,

Nos pères détestaient cette famille infâme,
Jurons-lui donc encor, nous leurs seuls rejetons,
Une inimitié due au nom que nous portons!
Jures-tu?

CAPPONI.

Je le jure!

PAZZI.

Oh! ce serment suprême
Voici tantôt cent fois que je le fais moi-même!
Par mes amis d'exil, je le vis accueillir,
Quand donc pour mon honneur, le pourrai-je accomplir!

CAPPONI.

Pas aujourd'hui, Pazzi! point d'éclat manifeste!
Le silence est utile...

PAZZI.

Il nous devient funeste!   .
Tiendras-tu ton serment?

CAPPONI.

C'est un serment sacré.

PAZZI.

La guerre aux Médicis!

CAPPONI.

Plus bas!

PAZZI.

Tu l'as juré.

CAPPONI.

Mais prête, avant d'agir, l'oreille à ma prudence;
Un murmure secret circule dans Florence;
On dit que la discorde allumant ses flambeaux

Sur ce sombre palais va souffler tous ses maux.
Tu sais que de François le jeune et dernier frère,
Affable, plein d'esprit, d'un noble caractère,
Depuis sept ou huit ans avait quitté la Cour,
Fuyant les noirs fléaux qui troublaient ce séjour.
La vertu, qui partout élève et grandit l'homme,
Conduisit Ferdinand aux plus hauts rangs de Rome ;
Ministre, cardinal....

PAZZI.

Enfin tous les honneurs
Que sans de grands talents on rend aux grands seigneurs.
Achève.

CAPPONI.

Il les obtint ; bien plus, il les mérite.
Mais ici tout à coup on apprend qu'il les quitte ;
Il revient ; et, dit-on, sensible à nos douleurs,
Il revient arracher François à tant d'erreurs.
Le bruit court aujourd'hui que, soit orgueil, soit haine,
Le grand-duc n'a revu son frère qu'avec peine ;
Et que même il n'a pas voilé ses sentiments
Sous la feinte froideur de ses embrassements.
Ferdinand va-t-il fuir ? ou malgré cet outrage
Reste-t-il près d'un trône auquel il porte ombrage ?
Qu'il aime son pays ! c'est faiblesse sans nom,
Mais qu'il en soit aimé ! c'est crime sans pardon.
Voilà ce qu'on redoute ; et qui pourtant existe !
Deux frères ennemis ! Quel tableau fut plus triste !
Mais pour ce peuple, ami, dont les maux font pitié,
Quel tableau plus heureux que leur inimitié !
Que la discorde règne et nous changeons de maître !

PAZZI.

Non ! non ! la liberté de là ne peut pas naître ;
Pour prendre son essor il lui faut un jour pur,

Sans moyens détournés et sans complot obscur.
C'est guidés par le ciel et sous son œil suprême
Qu'il nous faut conquérir cette liberté même;
Un peuple est assez fort pour agir au grand jour :
Un tyran l'est trop peu pour agir sans détour.
Refuse, ô mon pays, ce dernier sacrifice!
De deux princes rivaux la discorde est complice,
Ton sein déjà blessé va saigner sous leurs coups,
Refuse... ou c'est ta mort qui suivra leur courroux.
Ce bras, qui dès longtemps se dévoue à ta cause,
Brûle de partager les périls qu'elle impose;
La voix des Médicis te dit : « Peuple, à genoux! »
La mienne encor plus haut répète : « Levons-nous! »
Et vous y répondrez; quand une mère appelle,
Ses enfants les plus chers se rangent auprès d'elle;
Ta patrie est ta mère...

CAPPONI.

Oui, nous sommes ses fils...

PAZZI.

Qui la protégerons contre les Médicis.

Capponi entre à Vecchio.

SCÈNE II

PAZZI, seul.

Tantôt irrésolus et tantôt pleins d'audace,
Voilà les défenseurs d'une honorable race!
Sans voix dans les palais, criant dans les déserts,
Leur sort est d'être esclave et de baiser leurs fers.

1.

C'est à nous de saisir dans leurs jours d'héroïsme
Leurs courts moments d'ardeur et de patriotisme;
Ceux-là n'ont qu'à venger un ridicule orgueil,
Nous, c'est le sol natal et tout un peuple en deuil.
On vient... éloignons-nous. Arno, douce rivière,
Quand donc reprendras-tu ta pureté première?
Au pied des Apennins tes flots vierges sont bleus;
Au pied de ce palais ils sont noirs et fangeux!

SCÈNE III

BORELLO, DON SALVA.

BORELLO, en habit de prêtre.

Assurez donc l'Espagne et son saint roi Philippe,
Qu'à leur zèle pieux le grand-duc participe;
François veut que ce nom de prince très chrétien
Dans les siècles futurs accompagne le sien.

DON SALVA.

Don Philippe eut toujours dans sa toute-puissance
Un faible de tendresse et d'amour pour Florence:
« Pars, Salva, m'a-t-il dit; va purger des faux dieux
Ce beau pays des arts sans égal sous les cieux;
Aux nobles Médicis cours présenter mon aide;
Le mal le plus profond n'est jamais sans remède,
Tu connais nos moyens, tu m'as vu triompher;
Sers-t'en sur l'hérésie et tu peux l'étouffer. »

BORELLO.

Il est vrai qu'il triomphe et que l'Espagne est pure.

DON SALVA.

Et rien qu'avec ces mots : Si tu veux vivre... abjure!
Sinon, juifs, réformés, sont jugés tour à tour;
Nuit et jour on condamne, on punit nuit et jour;
La même heure voit fuir le crime et la sentence;
Point d'indigne pardon! point de molle indulgence!
Et quiconque est suspect d'adhérer à leur loi,
Partage leur supplice en partageant leur foi.

BORELLO.

Ah! que de tels enfants Rome doit être fière!

DON SALVA.

Don Philippe a sorti Rome de la poussière;
Et son bras tout-puissant reste encor le soutien
De votre péninsule et du monde chrétien.
Sans son amour divin qui tous nous enveloppe,
L'horrible judaïsme eût étouffé l'Europe;
Mais, au subit aspect du moindre châtiment,
Le néant aussitôt rentre dans le néant.
Déjà sur nos bûchers cent dix mille hérétiques
Ont fait fumer le sol de nos places publiques;
Le ciel est satisfait; jamais peuples ou roi
N'ont offert pour encens un tel acte de foi.
Mais le glas matinal appelle à la prière;
Entrons y réchauffer notre sainte colère;
Que votre souverain brûle du même feu,
J'aurai parfait mon œuvre et rendu gloire à Dieu.

Il entre à Vecchio.

SCÈNE IV

BORELLO, PAZZI, qui est revenu lentement sur la scène.

BORELLO, seul.

Dieu juste! Dieu puissant qui souffres leur vengeance!
Serais-tu donc, hélas! un Dieu d'intolérance!
L'échafaud de nos jours devient-il ton autel!
Et prends-tu pour encens le trépas d'un mortel!

PAZZI, avec surprise.

Borello!

BORELLO.

Quoi! Pazzi!

PAZZI.

Sous cet habit de prêtre!

BORELLO.

Tu te perds, imprudent!

PAZZI.

Tu te caches peut-être?

BORELLO.

Moi, j'entre à Vecchio.

PAZZI.

Moi, je vais y siéger.

BORELLO.

Ton exil est rompu ?

PAZZI.

Ton cœur a pu changer !

BORELLO.

Le tien ?

PAZZI.

Il brûle encore.

BORELLO.

De cette noble flamme?...

PAZZI.

Il fuit les courtisans et tout haut le proclame.

BORELLO.

Arrête !

PAZZI.

Entrons ensemble.

BORELLO.

Arrête et connais-moi.

PAZZI.

Cet habit ?...

BORELLO.

Couvre un cœur qui bat toujours pour toi...
Ce deuil qui me revêt ne mérite aucun blâme ;
Il est moins sombre encor que le deuil de mon âme....
J'ai voulu servir Dieu, repoussé des humains,
Sous l'emblème éternel des éternels chagrins.
Avant d'avoir reçu l'apparence du calme,
J'ai conquis des martyrs la douloureuse palme ;

Les jours suivaient les jours, ravivant mes malheurs;
Dans la longueur des nuits, les pleurs suivaient les pleurs;
Que de flots d'amertume ont fui de ma poitrine!
Ils ôtaient à mes maux leur cuisante origine;
La source s'en tarit... je ne peux plus pleurer,
Je ne peux que souffrir, souffrir, et soupirer!

PAZZI.

Mais quels sont tes malheurs? Tu m'attendris... je t'aime...
Parle, cher Borello; je suis toujours le même!
Verse ton cœur gonflé; verse, je le reçois...
Douleur contre douleur soulage quelquefois.

BORELLO.

Deux mots vont te suffire...

PAZZI.

Eh bien!

BORELLO.

Mon fils...

PAZZI.

Je tremble...

BORELLO.

Tu l'as connu?

PAZZI.

Ton fils?

BORELLO.

Pleurons-le donc ensemble!

PAZZI.

Juste ciel!

BORELLO.

Il est mort!

PAZZI.

Mais il avait vingt ans !...
Plein de vie et d'ardeur...

BORELLO.

Mort ! mort depuis longtemps
Aux portes du bonheur, au sein de la jeunesse !
Comprends-tu maintenant mon deuil et ma tristesse ?

PAZZI.

Pauvre père !

BORELLO.

Il est mort d'un trépas spontané...
D'un trépas... mais que dis-je? il fut assassiné!

PAZZI.

Ah ! qu'entends-je!

BORELLO.

Partons !

PAZZI.

Mais la main du coupable ?...

BORELLO.

Partons !

PAZZI.

L'as-tu punie ?

BORELLO.

Elle est inattaquable!
Invisible, de plus ! puissante et lâche ! enfin
C'est la main... je me tais... une main d'assassin !
Mais sais-tu, cher Pazzi, que de cet affreux drame,
Une prudence atroce a recouvert la trame !

Sais-tu qu'ils ont frappé dans l'ombre, sans fureur !
Qu'ils ont effacé tout ! tout ! sinon mon horreur !
Et que ce fleuve, hélas ! entr'ouvrit son abîme
Pour engouffrer d'un coup poignards, cadavre et crime ?
Arno ! depuis huit ans j'erre en pleurs sur tes bords,
Rends-moi, rends-moi mon fils ! qu'il soit parmi les morts !
Que j'aille consacrer à sa froide dépouille
Un marbre où ma paupière à chaque instant se mouille !

PAZZI.

Éloignons-nous.

BORELLO.

Arno, je le reconnaîtrai !
Rends-moi mon fils ! rends-moi ce corps défiguré !
Sur ce lugubre objet que ma douleur s'abreuve !
Que je l'inhume enfin ! Est-ce un tombeau qu'un fleuve !

PAZZI.

Mais ce meurtre ?

BORELLO.

Dis donc ce double assassinat

PAZZI.

Qui l'a commis ? réponds...

BORELLO.

Un noble scélérat.

PAZZI.

Comment !

BORELLO.

Mon fils aimait une célèbre infâme...
Dans le sang, dans les flots, on éteignit sa flamme.
Le fruit de son trépas fut un hymen d'amour
Sous un voile sanglant sacré le premier jour.

Le ciel, où j'avais mis tout espoir de justice,
De cet hymen souillé semble être le complice !
Ils sont heureux ! et moi, martyr faible et honteux,
Je courbe encor mon front sous ma peine et sous eux !

PAZZI.

Ah ! j'ai compris ! c'est là !

BORELLO.

           Silence ! il faut se taire !
De ma paternité ce terrible mystère
Percera tôt ou tard les voiles de l'oubli...

PAZZI.

Alors...

BORELLO.

    Mais, jusque-là, qu'il reste enseveli
Comme le froid cercueil dévorant sa victime,
Comme mon fils... et puis... comme l'auteur du crime !

PAZZI.

Il l'expiera bientôt ! tu m'en as assez dit ;
Je vois le meurtrier, je sais son nom maudit ;
Ce nom qui fait la honte et l'horreur de Florence !
Ce nom... mais c'en est trop ! à nous deux la vengeance !
Il a tué ton fils ; moi, j'ai pu fuir ses coups...
Deux forfaits à venger ! Vengeons-nous !...

BORELLO.

                      Vengeons-nous !

ACTE DEUXIÈME

Une salle dans le palais Vecchio.

SCÈNE PREMIÈRE

BLANCHE CAPELLO, ANITA.

ANITA, elle lit.

« Le visage trahit la couleur de notre âme:
» Il paraît abattu s'il a besoin d'appui.
» L'élan de mes frissons, la fougue de ma flamme
» Semblent prêter aux murs ce cri : meurs aujourd'hui !

BLANCHE.

Ne lis plus, Anita; ce noble et doux poète
Des angoisses du cœur est souvent l'interprète:
Quand j'étais autrefois Bianca Capello,
Quand j'errais en foulant les sables du Lido,
Quand, au bord de nos mers, je respirais la brise,
Cet air frais, cet air pur qu'on ne sent qu'à Venise;
Quand enfin, l'âme en paix, j'épuisais mes vingt ans
Dans la douce ignorance et du trône et du temps;

Alors, je m'enivrais de ces chants poétiques ;
J'écartais loin de moi leurs tableaux prophétiques ;
Le Dante et ses beaux vers m'ouvraient un nouveau ciel.
Je rêvais avec lui l'inconnu, l'éternel ;
Et mon cœur, s'allumant au feu de ce poème,
En prenait les transports pour en brûler lui-même.

ANITA.

Mais ces rêves d'hier...

BLANCHE.

Sont des rêves trop courts !

ANITA.

Quoi ! quand le sort vous comble...

BLANCHE.

Il me combla toujours !
Il n'eut jamais pour moi qu'une seule mesure,
Qui parfois fut trop douce et parfois fut trop dure !
La voici : tout ou rien ! A vingt ans j'avais tout !
A trente, j'ai la haine, un trône et du dégoût.
A vingt ans, on m'aimait, j'aimais aussi moi-même ;
Mon front s'ornait alors d'un autre diadème,
Celui de la jeunesse unie à la beauté
Devant qui s'inclinait un ami regretté !
Tu sais qui ?

ANITA.

Borello ! Mais votre ennui m'étonne,
Madame, car sa mort vous valut la couronne.

BLANCHE.

Le grand-duc me l'offrit, mon orgueil l'accepta ;
Ce fut une statue, hélas ! qu'on couronna !
Mon cœur y fut pour rien ; il est ailleurs encore ;
Aujourd'hui je commande, on m'encense, on m'honore,

On tremble près de moi de respect ou de peur ;
On me hait et je hais... est-ce là le bonheur ?
Que ne puis-je au delà des mers européennes,
Dans les bois ténébreux des Florides lointaines,
Fuyant les yeux du monde et ses vains agréments,
Aller ensevelir mes jours et mes tourments !

ANITA.

O ciel ! qu'avez-vous dit ?

BLANCHE.

Non, non ; c'est du délire !
Je suis heureuse, va ; je règne, j'ai l'empire,
J'ai pour dot un palais, Médicis pour époux,
Les grands à mes côtés, Florence à mes genoux ;
Je tiens de mon pays un nom patriotique :
La fille de Venise, ou de la république !
J'aime les Florentins autant qu'il est en moi ;
Aussi m'aiment-ils tous comme un peuple aime un roi ;
Me nommant à l'envi Laïs ou Cléopâtre,
Aspasie ou Phryné ! le grand-duc m'idolâtre,
Ils le voient, et sur moi s'en vengent par ces mots
Qu'ils vont graver ensuite aux murs de nos cachots.
Qu'ils les répètent là, je n'irai les entendre !
Eh ! peu m'importe enfin, je ne veux m'en défendre :
De tout ce qui m'entoure, ici, dans ce palais,
Je n'aime rien, non rien, ni maîtres, ni valets !

ANITA.

Grand Dieu !

BLANCHE.

Je suis heureuse ! Et qui pourrait donc l'être !
Quand je vois tout au loin le soleil disparaître,
Quand l'ombre de nos monts envahit Vecchio,
Quand sonne l'angélus aux nefs du Duomo,

Alors, il est quelqu'un qui tremble, qui frissonne,
Quelqu'un qui, dans le jour, a porté la couronne,
Et qui, pendant la nuit, ce grand soleil des morts,
Sent poser sur son front le sceptre des remords.
C'est moi ! Dans mes terreurs, je revois ma jeunesse ;
Mais un brouillard grisâtre, une vapeur épaisse
La ternit, l'enveloppe et ne me la fait voir
Que noircie... à travers ce voile sale et noir !
Dans ce nuage alors, je vois trois spectres pâles,
Un aux traits féminins et deux aux traits plus mâles ;
Leurs yeux caves, éteints, que les pleurs ont flétris,
Fixes, ont la langueur et l'éclat du mépris ;
Tous trois sortent le bras du linceul qui les couvre,
Et leur bouche glacée au même instant s'entr'ouvre ;
Ils parlent : « Tu dors donc, fille des Capello !
» Allons, sors du sommeil, nous sortons du tombeau
» Te rappeler ici qui nous fûmes naguère...
» Sois maudite à jamais ! Je suis... je suis ton père !
» Moi, je suis Borello, celui que tu nommais
» Ton époux éternel ; sois maudite à jamais !
» Et moi, quoique ton cœur au crime s'abandonne,
» Blanche, je suis ta mère,... eh bien, je te pardonne ! »
Puis, je sens sur mes mains comme un froid sépulcral
Qu'une autre main y laisse à son toucher fatal...
On m'entraîne à ces mots : Viens ! viens devant ton juge
Paraître... créature échappée au déluge !
Viens ! viens ! Ah ! Borello ! grâce... je veux crier...
Mais ma voix est sans force et meurt dans mon gosier...
Je veux à leurs genoux répéter ma prière...
Mais un lien m'enlace et m'attache à la terre...
Je me sens défaillir... mes pleurs coulent à flots...
Mon sein gémit, s'épuise en douloureux sanglots ;
Je m'agite... et soudain la vision s'efface...
Je me trouve en mon lit et la nuit face à face...
Je suis sur mon séant... les deux bras étendus...

L'œil sec... le front glacé... les cheveux répandus ;
Délirante et rêvant, comme un autre fantôme
Fuyant des trépassés le lugubre royaume.

ANITA.

Ah !

BLANCHE.

Mais ce n'est pas tout ! ce songe du sommeil
Est suivi d'un plus triste encore à mon réveil.
Mon esprit égaré plane sur mon enfance ;
J'ai des regrets amers de ce temps d'innocence ;
Et puis, moins loin encor, je songe à cet amour
Qui m'arracha brûlante au paternel séjour.
Oh ! quel moment d'effroi pour ton âme, ô ma mère,
Quand, au lieu du souris d'une fille trop chère,
Tu ne vis qu'une couche ouverte à l'impudeur,
Vide et froide, où ta fille oubliait son honneur !
Pardonne ! Je croyais, en trompant ta vieillesse,
Dans le cœur d'un amant retrouver ta tendresse !
J'ignorais que l'amour n'était pas un devoir,
Et qu'une mère enfin mourût de désespoir !

Silence.

J'ai fui... sur mes aïeux la tache est éternelle ;
Le nom des Capello va s'éteindre avec elle ;
Quoiqu'un trône ait couvert ma honte et mon effroi,
C'est le remords depuis que je traîne après moi !
Remords ! d'avoir hâté la fin de ma famille !
Remords ! d'avoir trahi ma foi de jeune fille !
Remords ! d'avoir laissé succomber mon amant
Sous les coups inégaux d'un rival trop puissant !
Il mourut... tu le sais, ma douce confidente,
De ce trépas secret je fus... presque innocente...
J'ignore qui frappa dans ce fait ténébreux...
Mais ce crime me ronge ; et c'est un mal affreux !

ANITA.

On a si bien voilé ce fait dans les ténèbres
Qu'on ne peut accuser des mains aussi célèbres ;
Et huit ans auraient dû calmer tous vos regrets.

BLANCHE.

Je maudis ces huit ans, mes désirs indiscrets,
Ma folle ambition, mes vœux, le diadème,
Ce bonheur qu'on me croit, et me maudis moi-même !

ANITA.

Qui n'a donc du destin jamais subi la loi ?

BLANCHE.

Le destin !... aujourd'hui se joue encor de moi !
Ce dernier fils de Cosme, à la vertu sauvage,
Qui m'a versé jadis le mépris et l'outrage,
En s'éloignant d'ici d'un air désespéré
Quand mon hymen royal eut été consacré,
Ce Ferdinand si fier qui s'échappe à ma haine
Eh bien... il est ici !

ANITA.

Quel destin le ramène ?

BLANCHE.

Le mien ! tout enivré de l'encens des Romains,
Il vient pour affaiblir le sceptre dans nos mains.
Champion déclaré du peuple de Florence,
S'armant de ces grands mots : patrie, indépendance,
Flattant de vains espoirs la plèbe qu'il défend,
Allié par l'envie à l'obscur mécontent,
Enfin portant en lui le germe populaire,
Voilà ce Médicis, mon ennemi... mon frère !

Il veut régner : mon fils est encor au berceau,
Mon époux, son aîné, court peut-être au tombeau,
Et lui vers le pouvoir par degrés il s'avance
Sous l'appui d'un parti sans âme et sans naissance,
Le peuple !

ANITA.

Un Médicis !

BLANCHE.

Le peuple !

ANITA.

Un cardinal !

BLANCHE.

Qui veut changer sa pourpre en un manteau ducal !
Je le démasquerai, son but est manifeste.

ANITA.

Un retour si subit cache un projet funeste.

BLANCHE.

Peut-être dis-tu vrai ! mais j'entends mon époux ;
C'est l'heure où nous réglons vos destins entre nous...
Va... je dois à midi recevoir sous ces voûtes
Des nouveaux délégués le serment plein de doutes ;
Tu reviendras ici dès qu'ils l'auront prêté ;
Je crois plus en ton cœur qu'en leur fidélité.

SCÈNE II

BLANCHE, FRANÇOIS DE MÉDICIS,
DON SALVA.

FRANÇOIS.

Approchez, don Salva. Chère et noble compagne,
Je vous présente ici l'ambassadeur d'Espagne;
Il succède à Garros rappelé par son roi
Qui lui remit ces mots de sa main et pour moi.

BLANCHE.

Nous n'avons toujours eu qu'un seul et grand principe,
Monsieur, et le voici : plaire au roi don Philippe !
Qu'il soit le maître ailleurs, il est l'arbitre ici
Que la cour a voulu, que Florence a choisi.

DON SALVA.

Mon roi Philippe II vous en sait gré, madame;
Et l'unique tribut que de vous il réclame
Est le zélé concours de votre autorité
Dans ses plans sur l'Europe et sur l'humanité.

BLANCHE.

Lisez donc sa missive.

FRANÇOIS, à Salva.

A vous l'honneur.

DON SALVA, lisant.

« Mon frère,
» Il est un droit sacré pour les rois de la terre,
» Imposé par le ciel dans toutes ses rigueurs,
» C'est celui d'éclairer et de guider les cœurs.
» Je l'ai fait quarante ans. Épuisé par la lutte,
» Je prends dans ma vieillesse horreur pour la dispute ;
» Elle nuit au triomphe ; aussi dans mes États
» J'ôte au juge aujourd'hui la longueur des débats.
» Non ! plus de tribunal ! plus de justice en forme !
» Sans procès écrasons Judaïsme et Réforme.
» Pour ces deux noirs fléaux plus de lois, plus de fers !
» La mort seule, la mort peut sauver l'univers ! »

FRANÇOIS.

Colonne des Chrétiens !

BLANCHE.

Effroi de l'infidèle !
Pour nous régénérer, rien n'échappe à son zèle !
Eh bien, dût la Toscane être un désert affreux,
Il faut exterminer ces cultes ténébreux !
Notre Église en rougit de douleur et de honte ;
Le ciel l'ordonne aux rois, il leur en tiendra compte ;
Les fous du calvinisme et les autres pervers
Iront, j'en fais serment, protester aux enfers,
Seigneur, daignez répondre à votre auguste maître
Que bientôt, grâce à lui, l'erreur va disparaître ;
Qu'un tribunal sacré, secret et scrutateur,
Sous les yeux pénétrants d'un grand inquisiteur,
Va consumer ses jours à l'affût des coupables,
Et ses nuits à punir leurs forfaits exécrables.

Don Salva s'incline et sort.

SCÈNE III

BLANCHE, FRANÇOIS.

BLANCHE.

Vous entendez, grand-duc?

FRANÇOIS.

Sévissons sans pitié.

BLANCHE.

De ce roi tout-puissant obtenons l'amitié;
Sa main règne et s'étend sur toute l'Italie,
Qu'un bon pacte amical à jamais nous allie,
Et Gênes la superbe et l'effroi de la mer
Pourra sous notre joug perdre ce nom si fier.

FRANÇOIS.

J'approuve ce projet, c'est d'un bon politique
Et c'est d'un bon chrétien. Mort, mort à l'hérétique!
Qu'un châtiment cruel l'amène au repentir
Ou l'envoie au tombeau pour se mieux convertir!
Mais quoi! tu fuis déjà! Quoi! tu m'entends à peine!
Qu'as-tu donc, Bianca, ma douce souveraine?
Je vois ton front troublé sous les plis de l'ennui...
L'esclave d'autrefois l'est encor aujourd'hui...
Parle! il t'aime toujours! ô moitié de moi-même!
Toi, qu'en dépit du temps, plus je vieillis, plus j'aime;

Épouse de mon choix que l'Europe abjura,
Mais couronnée enfin que le monde admira!
Parle!... de tes sujets, ah! sonde la poitrine,
On t'obéit, c'est tout! moi, je t'aime et m'incline.

Il tombe à ses genoux.

BLANCHE.

Je le sais.

FRANÇOIS.

   Mais sais-tu que mon cœur suit le tien!
Que la soif des honneurs, que l'intérêt chrétien,
Que tout ce que l'on croit qui me flatte et me touche,
Bianca, ne vaut pas un seul mot de ta bouche!
Qu'ai-je à te rappeler! tu le sais bien encor!
J'ai tout laissé pour toi du jour de notre accord;
Je ne te parle pas de ces choses vulgaires
Qu'un public affamé croit aux rois nécessaires;
Un palais n'est parfois qu'un sépulcre brillant
Où le cœur d'un monarque est englouti vivant,
Mais c'est ce doux empire et ce pouvoir de maître
Que ton seul ascendant a pris sur tout mon être!
C'est ce bonheur secret de se voir opprimé
Par l'objet de ses vœux, plus faible... mais aimé!

BLANCHE.

Oui, j'aime votre amour.

FRANÇOIS.

   En veux-tu quelque preuve?
Malgré mon front ridé, mon âme reste neuve;
Blanche, tu l'as trouvée encor vierge à trente ans,
Eh bien, elle a toujours le feu pur du printemps.
Oui, mon âme en la tienne a versé ses prémices;
Quand la mort délia les nœuds si peu propices
De cet hymen sacré sans qu'on la consultât,
Elle en ressortit jeune et libre sans combat.

Ce n'est que de ce jour qu'elle commence à vivre;
L'abandon s'en saisit, l'ivresse te la livre;
Elle met son orgueil à plier sous ta loi;
C'est une esclave enfin, mais qui chérit son roi!

BLANCHE.

Assez, François, assez!

FRANÇOIS.

Blanche, tu m'es si chère!

BLANCHE.

Que ne le suis-je autant à votre noble frère!
Il me hait.

FRANÇOIS,

Ferdinand!

BLANCHE.

Et de tout son grand cœur.

FRANÇOIS.

Nous avons donc tous deux ce même et triste honneur!
L'insensé! le cruel! il dégrade son âme!
Autant haïr les cieux que haïr une femme!
Qu'il me haïsse, moi, je n'en suis pas surpris;
Je lui rends en retour sa haine prix pour prix;
Mais toi, toi qui n'as rien à lui rendre en échange!
Toi qui descends d'en haut aussi pure qu'un ange,
Dont la seule vengeance est celle du pardon,
Te haïr est un crime, un féroce abandon!

A voix basse.

Eh bien! de mes secrets seule dépositaire,
Bianca, j'en rougis, mais je le hais ce frère.

Barbaro entre.

Que veux-tu, Barbaro?

2.

SCÈNE IV

Les Mêmes, BARBARO.

BARBARO.

Deux lettres, Majesté.

FRANÇOIS.

Officielles?

BARBARO.

Oui.

BLANCHE.

Qu'est-ce?

BARBARO.

Sa Sainteté
Le pape Sixte Quint vous loue et complimente
De l'accord fraternel et de la douce entente
Qui chez les Médicis vont régner maintenant
Par le retour fameux du cardinal Fernand.

BLANCHE.

Après?

BARBARO.

Quoiqu'il en ait quelques regrets pour Rome.

BLANCHE.

Après?

BARBARO.

A la Crusca, c'est un membre qu'on nomme...

BLANCHE.

Après?

BARBARO.

Qu'on doit, Seigneur, vous présenter demain.

FRANÇOIS.

Son nom?

BARBARO.

Tasso.

FRANÇOIS.

Poëte et sublime et divin!
Quoi! Torquato Tasso! Qu'on le garde à Florence!

BARBARO.

Son génie inquiet tient fort peu qu'on l'encense;
Il n'y restera pas.

BLANCHE.

Que veut-il?

BARBARO.

L'air natal.
L'amour de la patrie est un amour fatal;
Il use la raison de celui qu'il tourmente;
Et le Tasse indigné, loin des murs de Sorrente,
Promène son exil, comme un géant vaincu,
Moins honteux d'être plaint que d'être méconnu.

FRANÇOIS.

Qu'on l'amène à la cour! Qu'on l'honore avec faste!
Aux autres souverains j'en offre le contraste;
Que l'hospitalité d'un roi qui l'a compris
Lui fasse, pour ma gloire, oublier son pays!
Va, cours!

BARBARO.

Que dois-je écrire en réponse au Saint-Père ?

FRANÇOIS.

Ah ! que je l'ai privé malgré moi de mon frère.
C'est assez ! Non ; dis-lui que ce grand cardinal
Va raffermir les lois du trône épiscopal,
Qu'il va poursuivre aussi de sa juste colère
L'esprit d'impiété dans la Toscane entière.

Barbaro sort en s'inclinant.

SCENE V

FRANÇOIS, BLANCHE.

FRANÇOIS.

Comprends-tu, Bianca ?

BLANCHE.

C'est un nouvel exil.

FRANÇOIS.

Ordonné par la foi.

BLANCHE.

Mais y souscrira-t-il ?

FRANÇOIS.

C'est la cause de Dieu qu'il va défendre en prince ;
Et la croix à la main, de province en province,

Je lui cède l'honneur d'éteindre tout complot
Tantôt sur le bûcher, tantôt sur l'échafaud.
Ce peuple, dont il tient la faveur passagère,
Ne verra plus en lui qu'un prêtre sanguinaire ;
Et ce qu'il peut gagner en éclat à la cour,
Près du peuple il est sûr de le perdre en amour.

BLANCHE.

C'est vrai, mon noble époux ! Qu'il parte à l'instant même !
Nos cœurs se sont compris ; tu m'aimes et je t'aime !
Prends ma main, Médicis ; elle est toujours à toi,
Comme au seul chevalier qui règne encor sur moi.

FRANÇOIS.

Qu'as-tu dit ! qu'as-tu dit ! depuis dix ans d'attente
Il est enfin sorti de ta lèvre tremblante
Ce mot de ton amour, ce mot inusité,
Dont je m'accuse, hélas ! d'avoir parfois douté.

BLANCHE.

Qu'il parte !

FRANÇOIS.

        Il partira. Chère et puissante idole,
Je sens doubler mon être à ta moindre parole ;
Tu m'aimes !... J'obéis. Mais veux-tu plus encor ?
Veux-tu que pour jamais ?...

BLANCHE.
            Je le veux.

FRANÇOIS.
                    C'est sa mort !
Aimons-nous désormais...

BLANCHE.
            Et régnons sans obstacles !

FRANÇOIS.

Plus d'importun censeur!

BLANCHE.

Plus d'ennuyeux oracles!

FRANÇOIS.

Dès demain...

BLANCHE.

Dès ce soir...

FRANÇOIS.

C'est assez.

BLANCHE.

Plus un mot!

FRANÇOIS.

Qu'un seul!

BLANCHE.

Lequel?

FRANÇOIS.

Je t'aime!

BLANCHE.

Encor!

FRANÇOIS.

Toujours!

BLANCHE.

C'est trop.

Elle sort.

SCÈNE VI

FRANÇOIS, seul.

Ah ! qu'il soit loin de moi, c'est l'amour qui l'ordonne,
Ce Médicis placé plus haut que ma couronne !
Qu'il tombe de son ciel dans la mort de l'oubli,
Même sans sa grandeur dont la mienne a pâli !

Il appelle.

Barbaro !

Celui-ci paraît.

SCÈNE VII

FRANÇOIS, BARBARO

Cette scène est à voix basse.

BARBARO.

Monseigneur ?

FRANÇOIS.

As-tu quelque mémoire
Te souvient-il encor d'une nuit froide et noire
Où tu guidas tes pas vers les bords de l'Arno ?...
Voici tantôt huit ans, mon noble Barbaro !
Tu marchais escorté par un ami fidèle...

BARBARO.

Un sbire...

FRANÇOIS.

Le public seul ainsi les appelle...
Qu'importe! un inconnu dans l'ombre te heurta?...

BARBARO.

C'est moi qui le heurtai...

FRANÇOIS.

Qu'importe! il t'insulta?...
Ton glaive au même instant punit son arrogance...

BARBARO.

Je m'en souviens.

FRANÇOIS.

Le fleuve a reçu ta vengeance...
Tu t'en souviens aussi? Ce soir donc, à la nuit,
A cette heure où Florence est insensible au bruit,
Où l'amant enivré fait voltiger sa belle
Aux accords de la valse ou de la tarentelle...

BARBARO.

A minuit?

FRANÇOIS.

A minuit! tu seras insulté
Par un homme arrogant...

BARBARO.

Et que j'aurai heurté?

FRANÇOIS.

Qu'importe! Venge-toi! sans pitié.

BARBARO.

> Je me venge.

FRANÇOIS.

Et l'Arno...

BARBARO.

Comme à l'autre?

FRANÇOIS.

> En grossira sa fange.

ACTE TROISIÈME

SCÈNE PREMIÈRE

FRANÇOIS DE MÉDICIS, FERDINAND DE MÉDICIS.

FRANÇOIS.

Quel oubli, Ferdinand ! Quel trouble de raison
Peut montrer à vos yeux ce lugubre horizon !
Je triomphe partout, non par l'éclat des armes,
Puisque la paix s'obstine à me garder ses charmes,
Mais dans tous mes États, par l'ordre et par mes lois,
Qui pour le bien public sont aussi des exploits.
Je ne vois au dehors qu'estime et bienveillance ;
L'Espagne me sourit, on me respecte en France,
Rome est sous mon égide et l'Église a ma foi,
Venise m'est unie et Gêne est presque à moi ;
Qu'ai-je à vouloir de plus ? l'amour de la Toscane ?
Autant vouloir l'amour d'un cœur de courtisane !

FERDINAND.

Pardonnons leur froideur à nos concitoyens,
Ils n'ont qu'un joug pour sort, que des chefs pour soutiens ;

Ils ne vont en avant que suivis d'un système
Dont le seul avenir est le passé lui-même.
Enfermés dans un cercle où tournaient leurs aïeux,
La torpeur qui les tient n'a qu'un terme, à mes yeux
Ce terme, craignons-le, son issue est prochaine,
Car leur indifférence est un pas vers la haine.
Je vous aime, mon frère; et je sens tour à tour
Entre Florence et vous balancer mon amour,
Mais loin de séparer sa cause de la vôtre
Mon cœur les réunit comme sœurs l'une et l'autre.
Insensible à la gloire, aux honneurs, aux lauriers
Que la ville éternelle étalait à mes pieds,
J'ai méprisé l'éclat d'une cour étrangère,
Enfin j'ai quitté tout à cette voix si chère
Dont les sacrés accents nous charment au berceau
Et qui dans tous les cœurs doit avoir un écho...
La voix de mon pays! Cette voix grande et sainte,
François, n'a pu deux fois me répéter sa plainte;
Je suis parti! puissé-je, au nom de la vertu,
Rendre l'amour du trône à ce peuple abattu!

FRANÇOIS.

Qu'importe son amour pourvu qu'il obéisse!

FERDINAND.

Heureux qui peut régner par un pouvoir factice!
La force qui n'a pas son appui sur les lois
S'affaisse tôt ou tard et sous son propre poids.
Né prince comme vous, sur vous j'ai l'avantage
D'avoir hanté le peuple et connu son langage;
Il n'a qu'un seul instinct, qu'un seul : la vérité!
Il n'a qu'un seul besoin, qu'un seul : la liberté!
Quand ces deux éléments guident son existence,
Il grandit en bien-être, en fortune, en puissance;
Mais s'ils lui font défaut, son grand corps épuisé

Meurt et tombe, écrasant ceux qui l'ont écrasé.
Il en est qui parfois vivent avec la honte
Et traînent dans les fers le vice qui les dompte ;
Mais il en est aussi qui, d'un revers du cœur,
Rompent en s'indignant leur funeste langueur.
Pour ceux-là la patrie est encor une idole ;
Ils estiment qui l'aime, exècrent qui l'immole ;
Et si l'ingrat succès faillit à leur effort,
Ils savent triompher en courant à la mort.

FRANÇOIS.

Sur mes actes passés jetteriez-vous un blâme ?

FERDINAND.

Sur vos actes futurs j'illumine votre âme.
Je veux que votre nom, dans la postérité,
Soit plus que glorieux, qu'il y soit respecté !
Que ce règne vanté pour ses arts éphémères
Soit plus célèbre encor par ses biens populaires
Qu'on dise : il protégea les lettres et les arts ;
Florence fut sous lui la Rome des Césars ;
Mais son titre immortel à la reconnaissance
C'est le don qu'il lui fit de son indépendance.

FRANÇOIS.

Rêves et visions !

FERDINAND.

Brûlante vérité !

FRANÇOIS.

Dignes d'un plébéien !

FERDINAND.

Et de l'humanité !

FRANÇOIS.

Principes qu'on tairait en portant la couronne.

FERDINAND.

Qui la feraient bénir par celui qui la donne.

FRANÇOIS.

Qui la feraient déchoir dans l'horreur du dégoût.

FERDINAND.

Qui la feraient aimer... quand on la hait partout.

FRANÇOIS.

Ferdinand !

FERDINAND.

Je l'ai dit.

FRANÇOIS.

Ton erreur est profonde,
Ton insulte encor plus !

FERDINAND.

Que ma tête en réponde !
Elle n'a qu'un appui...

FRANÇOIS.

C'est ma fraternité,
C'est ma clémence enfin !

FERDINAND.

C'est un peuple irrité
Oui, mon frère, il est temps de conjurer l'orage ;
On murmure partout, on est las du servage,
Ce ne sont plus les cris de vils agitateurs,
C'est un pays mourant sous la main des préteurs,

Qui prêt à succomber, se recueille, s'arrête,
Puis se lève, étonné d'avoir courbé la tête.
Il vient; il va parler; sa formidable voix
Pénètre sans effort dans le palais des rois;
Et si j'osais ici lui servir d'interprète,
Voici quels mots dirait cet invincible athlète :
Grand-duc de Médicis! vois ton peuple outragé!
Il pleure! il prie en vain; il est découragé!
Ses meilleurs citoyens, ceux qui calmaient ses peines
Sont disparus, perdus dans l'exil, dans les chaînes;
Il gémit d'être seul! Toi qui tiens nos destins,
Rends-nous ces hommes purs, chasse ces publicains
Dont l'âpre avidité dévore la province,
Sous le nom prétexté du pouvoir et du prince!
Romps avec l'Espagnol tout pacte avilissant...
Son système n'est plus qu'un système de sang!
Plus d'inquisition! plus de bûchers en flamme!
Plus de décrets dictés par la main d'une femme,
Dont l'influence entraîne un État à sa fin,
Du flux et du reflux de son cœur féminin!

FRANÇOIS.

Assez! Suspends ici cette fureur jalouse!
C'est la grande-duchesse et de plus... mon épouse!
C'est un front couronné qui plane sans effroi
Au-dessus des affronts, comme au-dessus de toi!
Tu l'insultes... fuis donc! c'est elle qui t'exile!
Je te bannis!

FERDINAND.

            Je sors de ce trompeur asile;
Mais au nom de ta force, au nom de nos aïeux,
Qui, peints sur ces lambris, nous contemplent tous deux!
Au nom...

FRANÇOIS.

Quoi! vous mêlez la bassesse à l'outrage!
A mes genoux! C'est trop; vous manquez de courage.

FERDINAND.

Une prière encor...

FRANÇOIS.

Me prier maintenant!

FERDINAND.

Tu ne m'as pas compris...

FRANÇOIS.

Cardinal Ferdinand,
Sans tumulte, à minuit, pour Rome et sans escorte!

FERDINAND.

Grand-duc, par quel chemin vous plaît-il que je sorte?

FRANÇOIS.

Mais le quai de l'Arno, monsieur, vous est ouvert.

FERDINAND.

Il suffit... Cher François!

En courant à lui.

FRANÇOIS.

Plus un mot!

FERDINAND.

Il se perd!

Il paraît accablé.

SCÈNE II

FERDINAND, seul. Il se tourne vers le portrait de Cosme, son père.

Soyez témoin, ô vous qui portiez sa couronne,
Qu'il méprise ma voix et que je lui pardonne!

SCÈNE III

FERDINAND, PAZZI, Douze Députés nouveaux.

PAZZI.

Du despotisme enfin c'est le temple éternel!
Voilà son sanctuaire et voilà son autel!

Il montre le trône.

Où l'on n'encense point le seul Dieu que je sers
Et l'atelier pompeux où se forgent nos fers!

FERDINAND.

Malheureux!

PAZZI.

Je le suis.

FERDINAND.

Viens-tu braver mon frère?

Tais-toi!

PAZZI.

Je ne viens pas en ce lieu pour me taire.

FERDINAND.

Que veux-tu? Qu'oses-tu? Vois-moi... je suis chassé
Il m'envoie en exil!

PAZZI.

Vous m'avez remplacé.
Le mien cesse aujourd'hui, j'ai la grâce du maître,
De ce grand potentat qui seul a droit de l'être,
Du peuple!

FERDINAND.

Son pouvoir n'atteint pas jusqu'ici.

PAZZI.

C'est pour y parvenir que sa main m'a choisi.
En courageux lutteur, dans cette noble joute,
Vous avez lutté seul, jeune prince, sans doute?
Vous avez succombé? Moi, voici mes soutiens...
Des hommes convaincus, de vaillants citoyens,
Que le pays en pleurs veut avoir pour organe
Et qui sauront mourir ou sauver la Toscane.
N'est-ce pas, messeigneurs?

UN DÉPUTÉ.

C'est un devoir sacré

PAZZI.

Mourons, ou sauvons-la!

UN DÉPUTÉ.

Nous l'avons tous juré.

3.

FERDINAND.

Mourez donc, ô Toscans trop généreux! trop braves!
Car demain le soleil vous verra tous esclaves!

Il sort.

SCÈNE IV.

PAZZI, LES DÉPUTÉS.

PAZZI.

Non! pas encor la mort! mais le triomphe, amis!
Et puis la liberté d'un peuple compromis!
S'il en est un de vous, à ce moment suprême,
Qui se sente faillir... qu'il parle à l'instant même!

Silence.

Merci! Votre silence est un nouveau serment;
Quand la vertu s'émeut, le crime est impuissant.
Mandataires chrétiens d'une race chrétienne,
De Pise, d'Arezzo, de Grosseto, de Sienne!
Vous soutiendrez ma voix?

LES DÉPUTÉS.

Elle aura notre appui.

PAZZI.

Et si ce bras se lève?...

LES DÉPUTÉS.

On se lève avec lui!

PAZZI.

Par Brutus!

LES DÉPUTÉS.

Par Brutus!

PAZZI,

Héritiers de sa gloire,
Sachez donc que pour nous tout aide à la victoire;
Sachez qu'il est des cœurs au sein de ce palais
Qui font des vœux cachés pour notre heureux succès!
Que sous l'habit du noble et sous celui du prêtre,
Il est des partisans que la haine a fait naître;
Et que le ciel enfin prend parti dans nos rangs
En semant la discorde entre les deux tyrans!
Achevons de porter le dernier coup au trône!
Ouvrons à la Toscane une plus large zone,
En dépouillant ces ducs des titres usurpés
Dont un sceptre espagnol jadis les a drapés!
Que le mauvais esprit de cette femme altière
Ne souffle plus la mort sur la Toscane entière!
Que Blanche Capello...

SCÈNE V.

LES MÊMES, UN HUISSIER DU PALAIS.

L'HUISSIER.

Messieurs, voici la cour.
Occupez ces fauteuils rangés là tout autour.
Ceux-ci sont réservés pour son illustre escorte,
Là, pour les lansquenets...

PAZZI.

Trop fidèle cohorte!

L'HUISSIER.

Là, vos prédécesseurs, collègues désormais
Près desquels vous allez siéger dans ce palais.
S'il vous plaît d'imiter leurs coutumes antiques,
Accueillez le grand-duc de vivats sympathiques;
A son entrée ici, d'un élan régulier,
Levez-vous, criez tous : Vive François premier!

PAZZI.

Vous daignez nous tracer notre devoir d'avance,
Eh bien, oui; nos vivats édifieront Florence.

SCÈNE VI.

Les députés anciens entrent, ils se placent en tumulte; Capponi passe, Pazzi le recon-
naît et lui prend la main, Capponi effrayé se dégage et s'éloigne en disant :

CAPPONI.

Songe à tous mes avis! Du silence et du temps!

PAZZI.

Songe que sur ton front la honte est en suspens,
Capponi!

La porte s'ouvre et le cortège entre.

SCÈNE VII

Les Mêmes, FRANÇOIS, BLANCHE, Seigneurs,
Lansquenets.

L'HUISSIER.

Le Grand-Duc! et la Grande-Duchesse!

LES DÉPUTÉS ANCIENS.

Vive François premier! Honneur à son altesse!

François et Blanche se placent sur un trône. Un instant après, François se lève et
prend la parole en consultant un papier de temps à autre.

FRANÇOIS.

Votre zèle, messieurs, m'est un gage assuré
De notre douce entente, et je vous en sais gré.
L'État doit être un corps où tous les chefs s'unissent;
Quand la tête a parlé, les membres obéissent;
On évite au pays bien des maux intestins,
Quand la concorde en haut préside à ses destins.

Marques d'adhésion.

Le nôtre, déjà grand sous mon vénéré père,
Parcourt depuis treize ans une plus haute sphère;
Cette voie où jadis on mesurait ses pas,
Il la fuit, la dévore et n'est pas encor las.
Bien loin à ses progrès d'avoir mis la barrière,
Je l'ai laissé fournir carrière sur carrière;
La science en émoi, les arts hors du berceau
Volent entre ses mains sur un sentier nouveau.
Moi-même par mes goûts, je prodigue l'exemple;

L'esprit et l'industrie ont chez moi plus qu'un temple;
Et conviant ici les artistes épars,
J'ai fait de mon palais le Panthéon des arts.

Applaudissements.

Mais il est, au delà, des palmes où j'aspire;
Il est encor des cœurs rétifs à mon empire,
Qui toujours apparents et toujours ténébreux,
Ébranlent les esprits au nom d'un culte affreux.
Souvent l'ambition se mêle à leur doctrine;
La haine les conduit, le désir les domine;
Et malgré l'échafaud, et malgré le bûcher,
C'est un mal qui survit, qu'on ne peut arracher.

LES DÉPUTÉS.

C'est vrai.

FRANÇOIS.

Philippe II que j'ai pris pour modèle
M'exhorte aujourd'hui même à redoubler de zèle,
Je l'écoute en oracle et l'Europe à ses pieds
Me prouve que partout ses vœux sont appuyés...

PAZZI.

Grand-duc! cette alliance est plus qu'impopulaire;
C'est un joug qu'on maudit parmi ceux qu'on tolère;
C'est un joug à briser...

FRANÇOIS

Quel est l'audacieux?

PAZZI.

Le voici!

FRANÇOIS.

Ce langage est d'un séditieux.
Il n'est de joug ici que pour le seul rebelle
Dont l'air me veut braver, dont la voix m'interpelle.

Applaudissements.

PAZZI.

Eh bien ! accusez donc toute la Nation
D'un acte de révolte et de sédition !
Elle a pour l'Espagnol l'horreur la plus complète ;
Elle le dit tout bas et moi je le répète ;
Elle abhorre son roi, comme on hait tout tyran
Qui martyrise un peuple, espagnol ou toscan.
Consultez-la, Grand-duc ! et pour ce qui la touche,
Consultez-nous aussi, nous son bras, nous sa bouche ;
Voici des citoyens garants de son honneur
Qui certes m'appuieront, car ma cause est la leur.

Il se tourne vers les nouveaux députés : Silence.

Quoi ! vous restez muets ! Quelle est la peur servile
Qui vous glace, orateurs à l'esprit versatile ?
Hier tonnant bien haut au fond d'un carrefour,
Et muets aujourd'hui ! vrais orateurs de cour !
Je n'attendais pas moins de votre exubérance !
Merci pour moi, messieurs, et merci pour Florence !

FRANÇOIS.

Assez ! tous ces débats auront leur cours ailleurs ;
Passons donc au serment. Approchez, messeigneurs ;
Admis par le pays au sacré privilège
D'affermir et d'aider le bras qui le protège,
Au nom du Dieu puissant qui lit dans votre sein,
Jurez d'être fidèle à votre souverain !

Pazzi les regarde avec impatience et menace.

Délégué de Prato, jurez-vous ?

LE DÉLÉGUÉ.

Je le jure.

PAZZI.

Ciel ! à leur lâcheté joindront-ils le parjure !

FRANÇOIS.

Et vous, de Grosseto digne représentant ?

LE DÉLÉGUÉ.

De ma fidélité, prince, je fais serment.

FRANÇOIS.

Délégué d'Arezzo, jurez-vous ?

PAZZI.

Oui, je jure,
Si Florence a des fers, que mon âme en est pure !
Que ces lâches Toscans n'ont que l'ombre d'un cœur
Et que je rougirais de m'en voir le vainqueur !
Régnez, grand Médicis ! vous n'avez plus d'entraves,
Plus d'hommes à régir ! vous avez des esclaves !
Ils sont nés pour ramper de pouvoir en pouvoir,
Comme un serpent courbant son dos pour se mouvoir.
Hier ces mendiants, avilis par l'aumône,
Tendaient la main au peuple, aujourd'hui c'est au trône
Et, s'il se présentait un autre souverain,
A ce troisième maître ils la tendraient demain.

FRANÇOIS.

Ce visage enflammé, cette indigne colère
Me rappellent le nom d'un bruyant condottière
D'un Pazzi...

PAZZI.

C'est le mien ! Connu des Médicis,
Il pourra l'être encor comme il le fut jadis.

FRANÇOIS.

C'est le nom d'un proscrit !

PAZZI.

C'est le nom d'un apôtre !

FRANÇOIS.

Le nom d'un assassin !

PAZZI.

Un nom semblable au vôtre !

FRANÇOIS.

Grand Dieu !

PAZZI.

C'est en plein jour que frappa mon aïeul ;
Pour qu'il fût un héros le succès manqua seul.
Mais ces grands Médicis, il leur faut la nuit sombre !
Il leur faut des poignards et des bourreaux sans nombre !
Il leur faut l'embuscade ! et même quelquefois
L'Arno près du martyr pour étouffer sa voix !

FRANÇOIS.

Qu'entends-je !

PAZZI.

Répondez, mânes de leurs victimes !
L'Arno, voilà le Styx pour ces dieux magnanimes !
Un désert sans mortels, un gouffre sans écho !
Est-ce vrai ? Répondez, mânes de Borello.

BLANCHE.

Qu'a-t-il dit ?

FRANÇOIS.

Je ne sais.

PAZZI.

Je vous rends la mémoire ;
J'ajoute cette page à votre horrible histoire ;
Non pas qu'elle eût manqué d'un aussi beau fleuron ;
Mais c'était du Sylla ; moi, j'y joins du Néron !

FRANÇOIS.

Qu'on s'assure de lui, soldats! et que sa vie
Me réponde à l'instant de cette calomnie!
Allez!

PAZZI.

Elle est à moi, ma vie; entends-tu bien!
C'est mon partage encor, ma mort seule est le tien!
L'une fut au pays, l'autre je te la donne...

Aux députés :

Et vous, gardez la vôtre, elle n'est à personne.

Il veut se poignarder, on le désarme et on l'emmène.

BLANCHE.

Sortez, messieurs, sortez. Restons tous deux, François.

L'ASSEMBLÉE.

Vivent nos souverains!

BLANCHE.

C'est assez, je vous crois!

Tout le monde se retire.

SCÈNE VIII

BLANCHE, FRANÇOIS.

BLANCHE.

Allons, grand Médicis, expliquons-nous ensemble!
C'est Blanche Capello qui t'appelle et qui tremble!

Tu trembleras aussi ! plus de feinte entre nous !
Je te hais, noble duc ! Je te hais, mon époux.
Que ton front va pâlir sous ses affreuses rides
Quand tu verras à nu tous mes pensers perfides !
Vieillard qui crois aimer ! qui crois l'avoir été !
Je vais t'anéantir avec la vérité.

FRANÇOIS.

Blanche ! que me veux-tu ? pourquoi ce dur langage ?

BLANCHE.

Ce meurtre ?...

FRANÇOIS.

Mais il est notre commun ouvrage !

BLANCHE.

C'est toi !... je l'ignorais ! je m'en doutais ! Maudit !
Qui t'a dit de frapper ? Réponds ! qui te l'a dit ?

FRANÇOIS.

Ciel ! tu voulais régner !

BLANCHE.

Imposture ! imposture !
Régner ! quand le cœur saigne ou garde une souillure !
Régner ! quand le remords doit s'asseoir toujours là !
Régner ! quand près de soi c'est le crime qu'on a !

FRANÇOIS.

Blanche, recueille-toi ! mais ta raison s'égare !
Notre accord...

BLANCHE.

C'est le tien qui seul fit tout, barbare !

FRANÇOIS.

Borello...

BLANCHE.

Je frémis...

FRANÇOIS.

N'était pas innocent...
T'aimait... Nous nous aimions ! J'ai dû verser son sang...

BLANCHE.

Toi m'aimer ! moi t'aimer ! l'as-tu pu croire ? Arrière !
Sais-tu ce qu'est l'amour ? Mais c'est la vie entière !
C'est deux cœurs enlacés dans des liens confus !
Deux cœurs dont l'un s'éteint quand l'autre ne bat plus !
C'est le dernier transport de la nature humaine !
Et, pour tout dire enfin, le rival de la haine !
Voilà ! voilà l'amour ! l'as-tu connu jamais ?
Pour moi, j'en ai l'orgueil, je l'ai connu, j'aimais !
Et de la flamme, hélas ! que j'avais allumée,
J'ai pu goûter l'ardeur, oui, car j'étais aimée !
Toi ! Qu'as-tu fait pour l'être ? Un crime, et voilà tout !
Un crime qui s'oublie et que le sceptre absout !...

FRANÇOIS.

Blanche !

BLANCHE.

Tu m'as offert, au jour des fiançailles,
Un don vraiment princier, grand-duc ! des funérailles !
Le trône n'était rien auprès de ce présent,
Aussi reprends-le donc ou rends-moi mon amant !

Elle jette sa couronne aux pieds de François et sort.

SCÈNE IX

FRANÇOIS, seul.

Où suis-je ! Quelle fibre en mon sein se déchire !
Quel est ce mal nouveau dont je ressens l'empire !
C'est là... suis-je blessé ? Non. Mais quel coup cruel !
Suis-je atteint d'un stylet ? Non... je suis criminel !
Je souffre... Mon cœur bat dans un affreux désordre...
Une hydre me parcourt et s'acharne à me mordre...
Chassons-la... Je ne puis ! Blanche, pardon ! pardon !
Je suis coupable seul... reviens ! reviens ! mais non !...
Le ciel qui me trahit m'a laissé la mémoire...
Tu m'as dit : Prends ma main ! Je t'ai dit : C'est ma gloire
Tu m'as dit... mais assez ! plus de ce souvenir !
Partageons aujourd'hui tous deux le repentir,
Nous avons partagé... Grand Dieu ! je souffre encore...
Partageons donc aussi ce mal qui me dévore...
Qu'il sorte de mon sein... Hélas ! je suis vaincu...
Offrons-lui pour l'éteindre un acte de vertu :
A l'instant... Barbaro !

Celui-ci paraît.

            Va demander mon frère,
Et puis mon confesseur...

Seul.

            Le pardon, la prière !

ACTE QUATRIÈME

SCÈNE PREMIÈRE

BLANCHE, ANITA.

BLANCHE.

Répète... Mon esprit égaré par ces mots
Se tourmente et s'abîme en un confus chaos ;
Il vient de s'y glisser de nouvelles alarmes.
Tu dis que, s'embrassant, ils ont mêlé leurs larmes ;
Tu dis que le premier, François, tendant la main,
L'a nommé son cher frère en lui montrant son sein !
N'es-tu pas le jouet d'une erreur peu commune,
Ou le ciel veut-il donc combler mon infortune ?

ANITA.

Oui, tous deux m'ont paru dans un élan sans fiel,
Avoir tout oublié pour l'amour fraternel !
« Viens, disait le grand-duc, effacer mon injure,
» Ami que m'a donné le sang et la nature !

Toi qui m'aimes pour moi, toi que j'ai méconnu !
» Viens, frère, dans mes bras, me passer ta vertu ! »
Puis, un long entretien succédant à leur flamme,
Ils m'ont paru tous deux y décharger leur âme ;
Et déjà les flatteurs, à ce fait tout nouveau,
Ont poussé jusqu'au ciel leur éternel bravo.

BLANCHE.

J'étais loin de m'attendre à ce pompeux exorde !
Ils parlent de vertu... que leur vertu s'accorde !
La mienne... la voilà ! C'est mon inimitié !
Qu'ils en jettent leur part... je garde ma moitié !
François, que le remords tourmente sans haleine,
François, que j'ai heurté par quelques mots de haine,
Dans l'amour de son frère, hélas ! cherche un appui ;
Se croyant délaissé, je l'excuse... mais lui !
Mais lui, ce Ferdinand, dont la voix me méprise !
Qui de mon nom se joue et se popularise !
Et qui ne s'est jamais abaissé, par noirceur,
Quand je lui dis : Mon frère.... à répondre : Ma sœur !
Il n'a rien à mes yeux qui lui serve de grâce.
D'ailleurs, il me déteste et sa haine me lasse.
Ce sentiment chez lui n'est pas semblable au mien...
Il se traîne en longueur et n'aboutit à rien...
La mienne aboutira... j'ignore à quoi, sans doute,
Mais qu'il tremble !... Celui qui se met sur sa route !
Vois-tu ! je sens en moi, dans ce jour décisif,
Courir comme un frisson nerveux et convulsif ;
La fièvre, dans mon sein qui bouillonne et m'exalte,
Me pousse devant elle et m'interdit la halte ;
Je suis ivre... Mes sens en sont déjà troublés ;
De colère ou de sang mes regards sont voilés ;
Qu'on se taise ! Un seul mot d'une bouche maudite
Ferait bondir mon cœur plus loin que sa limite !

ANITA.

Vous souffrez ? Sachez donc que l'amour conjugal
Dans l'amour fraternel ne peut voir de rival ;
Que vous aurez toujours le premier en partage...

BLANCHE.

Mais il n'est plus pour moi qu'un mot sans apanage ;
J'ai plongé mon époux dans l'horreur des tourments
En l'éclairant tantôt sur tous mes sentiments ;
Et ma fureur, poussée au dernier paroxysme,
De ses illusions a déchiré le prisme.
Mes regrets sur la mort d'un amant malheureux,
Ce forfait, selon lui, qui pèse sur nous deux,
Mes refus de pardon, ma sanglante ironie,
Ont de tous nos rapports altéré l'harmonie.
Je sais qu'il m'est aisé de tout reconquérir,
Que l'amour de François n'a pu que s'amoindrir,
Qu'il ne s'est pas éteint, qu'enfin à ma parole,
Je verrai le séide au pied de son idole ;
Mais ce rôle est un poids que dix ans j'ai porté...
Et dix ans à vingt ans valent l'éternité.
La feinte est un fardeau quand l'espérance est morte ;
Je veux suivre du sort le courant qui m'emporte ;
Peut-être en sortirai-je avec plus de grandeur,
Car François peut faiblir et son frère... avoir peur.

ANITA.

Ils faibliront tous deux devant leur souveraine.

BLANCHE.

Oui ! Que n'ai-je donc plus d'autre sujet de peine !
J'ai beau vouloir chasser tout penser qui m'est cher,

Il en est toujours un qui revient trop amer.
C'est un nouveau tourment dont je suis poursuivie;
Je voudrais l'apaiser pour alléger ma vie,
Mais je ne le puis pas! Ce jeune Borello
Que mon amour funeste a conduit au tombeau,
Cet amant que je pleure... eh bien, avait un père,
Qui peut-être languit sur la terre étrangère;
Qui s'éteint inconnu, peut-être sans secours,
Et plongé dans les pleurs voit s'abîmer ses jours.
Désirant à tout prix calmer ma conscience,
Je l'ai fait rechercher loin des murs de Florence.
Mes efforts et mes vœux sont restés sans effet;
Ce vieillard me déteste et maudit mon forfait;
Il croit se dérober par sa fuite éternelle
Aux coups que sa frayeur me prête en criminelle,
Ah! qu'il revienne ici! qu'il s'attache à mes pas!
Que mon cœur s'attendrisse en tombant dans ses bras!
Ou du moins à ses pieds que j'obtienne ma grâce
Pour purger du remords mon âme qui s'en lasse.
Voilà, chère Anita, mon plus cuisant souci.

ANITA.

Silence! le grand-duc!

BLANCHE.

Éloignons-nous d'ici.

ANITA.

Il vient avec son frère...

BLANCHE.

Éloignons-nous, te dis-je!
Leur aspect me replonge en mon premier vertige.

4

SCÈNE II

FRANÇOIS, FERDINAND

FERDINAND.

La duchesse s'enfuit ! son regard irrité
Est d'un funeste augure à ma fraternité !
François, je sens qu'ici notre douce alliance
Va s'écrouler sans fruit sous une autre puissance.

FRANÇOIS.

Notre union pourtant aurait dû l'émouvoir,
Quand j'oublie, oublier serait même un devoir.

FERDINAND.

La magnanimité règle notre conduite.

FRANÇOIS.

Eh bien, cher Ferdinand, la cause de sa fuite...
Connais-la donc... c'est moi !

FERDINAND.

Qu'entends-je ! est-ce prouvé

FRANÇOIS.

Mon bonheur est perdu !

FERDINAND.

Ton pays est sauvé !
Ah ! pardonne, mon frère, au transport qui m'agite !
Mais le pays respire et je t'en félicite !

Moi seul, je peux ici t'offrir la vérité
Et ma franchise ira jusqu'à la dureté.
Oui, Blanche Capello, c'est ton mauvais génie!
C'est elle qui t'entraîne et toi qu'on calomnie!
C'est l'ombre qui, le soir, grandit en te suivant,
Se tient toujours derrière et te laisse en avant.
Florence a le malheur de tout confondre ensemble;
Ombre et corps font pour elle un tout qui se ressemble;
Séparons donc le bien du mal qui le poursuit!
Rendons le corps au jour et son ombre à la nuit...
Mais tu l'aimes encor... j'ai trop parlé peut-être...
Tu faiblis... le soleil va bientôt disparaître,
S'il se couche ce soir sans éclairer ton cœur...
Adieu, je pars demain... l'amour sera vainqueur.

Il s'éloigne et revient.

FRANÇOIS.

Ferdinand!

FERDINAND.

Mais ce peuple est juste en sa demande!
Le premier de ses vœux est d'abord qu'on l'entende;
Et que la voix du prince arrivant jusqu'à lui
Soit celle de sa bouche et non celle d'autrui.
Il accorde au grand-duc l'amour de son épouse,
Qui, si d'un droit de plus veut se montrer jalouse,
Peut obtenir celui de la grâce et du bien...
Mais doit s'arrêter là, car tout autre est le tien.
Médicis! il est temps de montrer qui nous sommes!
Et qu'on dise aux Toscans que leurs chefs sont des hommes!
Viens... j'ai fait préparer un festin solennel
Pour fêter dans l'orgueil ce retour fraternel.
Nos courtisans joyeux d'une discorde ancienne
Y sauront qu'il n'est rien que la vertu n'obtienne;
Et qu'ils doivent aussi se ranger avec moi

Sous deux seuls souverains, qui sont : le peuple et toi!
Allons!

FRANÇOIS.

Que me veux-tu?

FERDINAND.

Te redonner l'estime
De Florence qui croit qu'un Médicis l'opprime.

FRANÇOIS.

Eh bien, marchons alors!

FERDINAND.

Mon frère, embrassons-nous!
On t'aime comme un père!

FRANÇOIS.

On me hait comme époux.

FERDINAND.

Viens! viens! dépouille ici tout penser de faiblesse.

FRANÇOIS.

Allons!

FERDINAND.

Suis moi.

FRANÇOIS.

Restons; j'aperçois la duchesse.

FERDINAND.

Ah! par pitié, François!

FRANÇOIS.

Encor quelques moments.

FERDINAND.

Florence te réclame.

FRANÇOIS.

Assez.

FERDINAND.

Il n'est plus temps !

SCÈNE III

LES MÊMES, BLANCHE.

BLANCHE.

Princes, vous discutez du destin d'une femme,
Souffrez...

FERDINAND.

C'est du pays qu'il s'agit seul, madame ;
Et mon frère est contraint, pour ce noble devoir,
D'être au devoir d'époux infidèle ce soir.
Il me suivait.

BLANCHE.

Ce soir ! c'est pour fêter peut-être
La chute d'une femme et la gloire d'un traître ?

FERDINAND.

Mieux que cela, madame.

BLANCHE.

On assemble la cour,
Pour mettre un piédestal à l'idole du jour.

FERDINAND.

Mieux que cela, madame. On va fêter deux frères
Qui jettent dans l'oubli leurs intérêts vulgaires;
Qui se donnent la main et, pour premier bienfait,
Soulagent le pays du poids qui l'étouffait.

BLANCHE.

J'ai compris! Allez donc où l'honneur vous appelle!
J'offre même un témoin de plus à votre zèle...
Ce sera moi! J'irai ce soir, à vos côtés,
Voir dans tout leur éclat vos nouvelles clartés.
Me l'accorderez-vous, cher époux et cher frère?

FERDINAND.

Vous le pouvez... ma sœur... mais c'est plus qu'on espère.

BLANCHE.

Quoi! Vous daignez enfin me nommer votre sœur!
Je refuse ce nom qui vient trop tard, monsieur.

FRANÇOIS.

Ah! Blanche, as-tu juré d'aiguiser ma souffrance!
Tu le vois, entre vous mon cœur est en balance...
La douleur y combat... l'amour et l'amitié,
Tous deux en ennemis en ont pris la moitié;
Ta voix, dont les accents faisaient vibrer mon âme,
Me consterne et m'abat quand la fureur t'enflamme!
Tes yeux, où tant de fois j'ai lu tes moindres vœux,
M'épouvantent d'horreur et ne sont plus tes yeux!

Ah ! suspends cette lutte où gémit la nature !
Reviens à nous ! reviens à toi ! je t'en conjure !
Laisse gonfler ton sein... laisse-le palpiter !
Pour en bannir le fiel, tu n'as qu'à m'imiter ;
J'ai bu l'eau de l'oubli...

BLANCHE.

Je veux aussi la boire...
Princes, oublions donc !

FERDINAND.

Ciel ! qui l'aurait pu croire !

BLANCHE.

A votre accord si franc mon cœur se sent trahir,
Et le cœur d'une femme est peu fait pour haïr...

FERDINAND.

Je m'y perds.

BLANCHE.

Ferdinand ! le grand-duc va vous suivre ;
Deux mots avec moi seule et puis je vous le livre.

FERDINAND.

Puissions-nous à jamais sceller dans ce festin
L'avenir de Florence et son nouveau destin !
François, tu l'as promis.

FRANÇOIS.

Sur tes pas je m'empresse...

FERDINAND.

Ton honneur en dépend.

FRANÇOIS.

Je tiendrai ma promesse.

Ferdinand sort.

SCÈNE IV

BLANCHE, FRANÇOIS.

BLANCHE.

Loin de moi le dessein de vous entretenir !
Je ne veux que vous rendre un simple souvenir :
« Aimons-nous désormais... et régnons sans obstacles...
» Plus d'importun censeur ! plus d'ennuyeux oracles ! »
C'est vous qui l'avez dit !

FRANÇOIS.

Tais-toi !

BLANCHE.

Je me tairai...

FRANÇOIS.

Blanche ! pardonne-moi !

BLANCHE.

Je te pardonnerai...
Dis que tu t'en souviens.

FRANÇOIS.

Je n'ose te comprendre...
Je veux oublier tout ! je ne veux rien entendre !

BLANCHE.

Tu ne t'en souviens pas ?

FRANÇOIS.

Non ! non !

BLANCHE.

Alors, tu mens.

FRANÇOIS

Non ! non !

BLANCHE.

C'est donc moi seule\

FRANÇOIS.

O douloureux tourments !

BLANCHE.

Les tiens cèdent aux miens !

FRANÇOIS.

O femme qui m'es chère !

Au nom de mon amour...

BLANCHE.

Il ne voit que ton frère...

FRANÇOIS.

Au nom de mes aïeux !

BLANCHE.

Laisse leur cendre en paix !

FRANÇOIS.

Au nom des tiens !

BLANCHE.

Les miens m'ont maudite à jamais !

FRANÇOIS.

Grand Dieu! Quels sont ces mots qui sortent de ta bouche,
Hier un calme heureux partageait notre couche!
Hier la volupté réunissait nos sens!
Hier je m'enivrais dans tes bras enivrants!
Faut-il donc aujourd'hui que l'horreur nous sépare!
Que m'égarant d'abord ce soit toi qu'elle égare!
Et qu'enfin ce palais peuplé d'êtres si chers
Devienne en un instant l'image des enfers!
Blanche! ma conscience a besoin d'être pure;
Je veux laver ce soir un passé que j'abjure;
Le tien se lie au mien par un sceau de huit ans,
Tu peux te repentir lorsque je me repens.

BLANCHE.

A demain le salut de notre conscience!
A ce soir ta promesse! A ce soir ma vengeance!
Oui, demain tu n'auras qu'un repentir de plus,
Ou ma haine éternelle à joindre à ton refus!

FRANÇOIS.

Ta haine! M'as-tu donc... aimé? Non, je m'abuse...

BLANCHE.

Choisis...

FRANÇOIS.

Tu m'aimerais!

BLANCHE.

Choisis...

FRANÇOIS.

Oui... je refuse!

                                   Il s'enfuit.

SCÈNE V

BLANCHE, seule.

Il fuit! je reste seule et ma rage avec moi!
Tous deux vont triompher! Moi vaincue! et pourquoi?
Ferdinand sortirait vainqueur de cette lutte!
Lui! lui! mais quelle idée encor me persécute!
Arrière! on va crier dans ce festin maudit :
Honneur à Ferdinand! Ce mot seul m'interdit!
Quoi! c'est lui qu'on encense et lui qu'on divinise!
Mais je ne suis donc plus la fille de Venise!
De ce peuple ombrageux, farouche en liberté,
Au sein duquel ma bouche a sucé la fierté!
Le sang des Capello vieillit donc dans mes veines!
Moi qui faisais trembler, vais-je accepter des chaînes!
Vais-je trembler aussi, quand j'ai fait trembler tout!
Moi! moi! moi! Ferdinand, je suis encor debout!
De nos deux fronts rivaux en orgueil, en colère,
Le tien, sans t'en douter, est le plus près de terre!
Que vois-je! un prêtre ici!

Borello est entré pendant qu'elle prononce ces derniers vers. — Blanche se retourne
en sursaut, lui recule presque épouvanté.

SCÈNE VI

BLANCHE, BORELLO.

BLANCHE.

Vous avez entendu?...
J'ai dit... mais vous tremblez... Vous semblez éperdu ..

BORELLO.

Je frémis à sa voix.

BLANCHE.

Qu'avez-vous ?

BORELLO.

Je chancelle.

BLANCHE.

Qui vous amène enfin ?

BORELLO.

C'est elle! Dieu! C'est elle!

BLANCHE.

Que dit-il? ses accents ont étonné mon cœur...
J'ai cru... Non...

BORELLO.

Le grand-duc veut un consolateur...

BLANCHE.

C'est vous qu'il a choisi ?

BORELLO.

C'est moi qu'on lui présente.

BLANCHE.

Il a son confesseur.

BORELLO.

Sa Grandeur est absente.

BLANCHE.

Cet organe pourtant... Non, ma raison se perd...
Sortons — je laisserais mon cœur à découvert.

SCÈNE VII

BORELLO, seul. Il paraît égaré.

Mon fils! je me trahis... Mon fils! viens à mon aide!
Seul contre eux je suis faible — et j'ai peur! oui, je cède!
Fuyons... j'ai trop osé... compté sans mon effroi...
Si tu veux les punir... viens, mon fils, soutiens-moi!
Verrai-je sans horreur dans son aveu farouche
Le crime à flots pressés s'échapper de sa bouche!
L'entendrai-je avouer, m'implorer un pardon!
Quand j'ai rêvé dix ans la vengeance! Non! non!
Je ne puis pardonner... ta voix me crierait: Traître!
Je ne puis me venger... je suis chrétien et prêtre!
Je ne puis que m'enfuir... Éternel! Éternel!

Il se découvre à cette invocation.

Que ne m'as-tu donné le cœur d'un criminel!
J'armerais d'un poignard cette main qui se glace...

Il sort un stylet de dessous sa robe.

Je pourrais la lever et puis... frapper en face!
Alors mon fils vengé me crierait de là-haut :
Merci, mon père! viens... » Mais je vois l'échafaud...

Blanche rentre à ce moment.

Je vois pour l'assassin la hache qui s'apprête...
Le bourreau menaçant qui fait pencher ma tête...
Ah! mon fils! ah! mon fils! ne me l'ordonne pas!
Un tel forfait m'effraie... ainsi qu'un tel trépas!

Il aperçoit Blanche.

Ciel! Blanche Capello!

SCÈNE VIII

BLANCHE, BORELLO.

BLANCHE.

Qu'ai-je vu ! C'est un rève!
Borello!

BORELLO.

Je me perds!

BLANCHE.

Grand Dieu! cachez ce glaive!
Mon père!

BORELLO.

Loin de moi! car je suis Borello
Et vous êtes, hélas! vous, Blanche Capello!

BLANCHE.

Ah!

BORELLO.

Le crime a semé la mort dans ma famille,
Jadis j'avais un fils...

BLANCHE.

Vous avez une fille...
Moi.

BORELLO.

Vous!

ACTE QUATRIEME.

BLANCHE.

Oui, je veux l'être, ô père infortuné!

BORELLO.

Vous qui...

BLANCHE.

N'achevez pas!

BORELLO.

L'avez assassiné!

BLANCHE.

O souffrance du cœur! ô rage insupportable!

BORELLO,

Le remords venge donc?

BLANCHE.

Je ne suis pas coupable!

BORELLO.

O Dieu, qui l'entendez, soutenez mon courroux!
Viens m'éclairer, mon fils!

BLANCHE.

Il était mon époux!

BORELLO.

Tu dis vrai?

BLANCHE.

Je l'aimais! il s'y montrait sensible...

BORELLO,

Tu dis vrai? ton forfait n'en est que plus horrible.

BLANCHE,

Pitié!

BORELLO.

Tu n'en eus pas, femme, dans ton orgueil!
Tu n'as rien consulté, ni ton cœur, ni mon deuil!
Tu n'as vu que l'attrait d'une splendeur nouvelle,
Sans songer aux douleurs d'une âme paternelle!
Ah! je doutais des cieux et de leur équité,
Mais le crime est puni par son éternité!
Moi, j'ai vu mes chagrins s'épuiser dans leur flamme,
Et je ne souffre plus que du froid de mon âme;
Mais toi, mais ton complice, il vous reste à souffrir
Jusqu'au jour de la mort où vous croyez guérir,
Jusqu'au jour où brisant le sceptre et l'imposture,
La main du Créateur reprend sa créature!
C'est là qu'il doit juger!

BLANCHE.

Non! mon juge, c'est toi!

BORELLO.

Je te condamne alors!

BLANCHE.

Frappe donc!

BORELLO.

Qui? moi! moi!

BLANCHE.

Oui, punis en aveugle une femme innocente
Que ton fils chérissait et qui fut son amante!
Frappe, voilà mon sein qu'il pressa tant de fois
Et qui se trouble encore en entendant ta voix!
Prends ce fer que ta main brandissait tout à l'heure!
Puisque tu m'as jugée, il est temps que je meure!
Je t'ai cherché dix ans pour tomber dans tes bras,
Abats-moi sous tes pieds et tu te vengeras!
Frappe! je l'aime encore!

BORELLO.

Elle n'est pas coupable!
C'est donc lui seul, grand Dieu! ce tyran exécrable!

BLANCHE, à voix basse.

Non. J'offre à ta vengeance un nom que tu connais,
Un nom haï de tous, que moi-même je hais!
Le nom de Ferdinand auquel le mien s'attache...
Qui l'a toujour couvert d'une lugubre tache...

BORELLO.

Ferdinand! Ferdinand! ô penser trop affreux!

BLANCHE.

Écoute... voudrais-tu...?

BORELLO.

Je veux fuir de ces lieux...
Je m'y sens entouré d'une horreur si profonde,..

BLANCHE.

Si tu fuis, avec toi je fuis au bout du monde!

BORELLO.

Ah! qu'entends-je!

BLANCHE.

Mais non! c'est un rêve insensé!
Tiens, vois-tu ce poison? ce soir il est versé...
Ce soir, le dernier fils de cette triste race
Va payer ses méfaits dans une mort sans trace;
Il succombe sans bruit... sans soupçon contre nous...
Et par son châtiment, moi j'échappe à ses coups.
Demain, je règne encore... ou, si tu le préfères,
Nous fuirons tous les deux au pays de mes pères;
Venise tend les bras au proscrit sans espoir ;
J'y consacre mes jours, à t'aimer, à te voir;

C'est le pays du ciel, enfin, c'est ma patrie!
Nous y verrons sans cesse une image chérie...
La sienne... comme au jour où, l'amour dans les yeux,
Il m'arracha sans force au toit de mes aïeux!

BORELLO, après un moment de réflexion.

La fuite! le poison! oui, donne... C'est justice!
C'est à moi que revient l'honneur de son supplice!
Mon fils, je t'obéis! Dans mon sommeil troublé
Tu ne reviendras plus sanglant et mutilé!
Pour apaiser ton ombre, il lui faut cette proie!
Voilà ton meurtrier! ton père te l'envoie!
Donne-moi ce poison...

BLANCHE.

O ciel! quels yeux hagards!

BORELLO.

Donne-moi ce poison!

BLANCHE.

Maîtrisez vos regards.

BORELLO.

Je vais les maîtriser.

BLANCHE.

Notre salut l'ordonne.

BORELLO.

La vengeance et la mort!

Il prend le poison et s'enfuit.

BLANCHE.

La vie et la couronne!

ACTE CINQUIÈME

SCÈNE PREMIÈRE

BLANCHE, FERDINAND.

BLANCHE.

Eh bien! vous triomphez, généreux novateur!
Vous voilà donc du peuple admis en protecteur!
Soyez longtemps l'objet de sa reconnaissance
Et du destin sachez conjurer l'inconstance!

FERDINAND,

Entendez-vous ces cris? D'une commune voix
On vient de célébrer quelques mots de François :
« Les cachots sont ouverts, les chaînes sont dissoutes, »
Demain ces quelques mots s'élançant de ces voûtes
Vont semer dans Florence un délire inconnu
Et lui prouver qu'un roi peut encore être ému.
Je quittais à l'instant ce festin mémorable
Pour faire exécuter cet ordre charitable
Et ravir au plutôt à l'innocent martyr
Quelques moments d'horreur... moments si longs à fuir!

BLANCHE, troublée.

Quoi! vous quittez déjà... vous laissez à lui-même
Votre frère...

FERDINAND.

Chacun le félicite et l'aime.
Dans un cercle d'amis, où l'amour le défend,
Je l'ai laissé sans crainte, et, de plus, triomphant.

BLANCHE.

Mais moi je crains pour lui... je crains l'esprit farouche
De quelque forcené qu'aucun bienfait ne touche...
Je crains... mais retournez, retournez près de lui;
Vous l'avez entraîné, gardez-lui votre appui.

FERDINAND.

Rassurez-vous, madame, il n'a plus rien à craindre.
L'égide que les rois ont tant de peine à ceindre
Le couvre en ce moment de son tissu d'acier;
L'amour de ses sujets, voilà son bouclier!
Mais le jour disparaît; l'infortune m'appelle;
J'entends sa voix plaintive et je fuis tout pour elle.
Je vais changer des cœurs dont plus d'un a gémi
De rester adversaire en pouvant être ami.

SCÈNE II

BLANCHE, seule; le jour s'obscurcit graduellement.

Je ne puis maîtriser le trouble qui m'assiége...
Quel coup inattendu! le hasard le protège!

Il va donc tout couvert de ses lauriers nouveaux
Faire bénir son nom jusqu'au fond des cachots!
Le mien va s'effacer sous l'éclat de sa gloire!
Qui sait même! tomber au rebut de l'histoire!
Je me sens accablée...

Anita entre avec précipitation.

SCÈNE III

ANITA, BLANCHE.

BLANCHE.

Anita, que veux-tu?

ANITA.

Votre époux...

BLANCHE.

Parle donc! ton visage abattu,
La pâleur et l'effroi qui s'y peignent ensemble
Me donnent la frayeur et font qu'aussi je tremble...
Mon époux?...

ANITA.

Il se meurt d'un mal instantané...
Au milieu du festin...

BLANCHE.

Il est empoisonné!

ANITA.

Comment l'avez-vous su?

5.

BLANCHE.

Je ne sais... je présume...
Anita, je m'égare... un poison le consume...
M'as-tu dit ? le coupable a-t-il été surpris ?

ANITA.

On croit que le chaos du tumulte et des cris
Avec impunité favorisa sa fuite.

BLANCHE.

On n'est pas sur sa trace ?

ANITA.

Ah ! j'ignore la suite.
J'ai vu dans les douleurs le malheureux François
S'abîmer et gémir en étouffant sa voix ;
Par moments il se lève en des efforts suprêmes ;
Sa bouche est écumante et vomit des blasphèmes ;
Il se tord sous le poids de tourments infernaux ;
Il accuse, il commande, il ne peut fuir ses maux.
Tantôt il vous appelle, ou Ferdinand son frère ;
Tantôt ses vœux ardents forment une prière,
Et, tendant vers le ciel ses bras déjà raidis,
Il implore, ou menace au nom d'un crucifix.
Des sillons douloureux ont crispé son visage ;
L'air de Sa Majesté s'avilit sous la rage ;
Puis un calme effrayant succède à ce transport,
Comme un avant-coureur...

BLANCHE.

Que dis-tu ?

ANITA.

De la mort !

BLANCHE.

L'horreur de ce récit soulève tout mon être !
Fuyons ! disparaissons ! mais comment disparaître !
Pourquoi fuir ? Anita, ne m'abandonne pas...
Soutiens-moi... Qu'ai-je vu ? Approche.... tiens... là-bas !

Elle lui montre une glace où se reproduit son image.

Quel est ce spectre affreux dont l'aspect m'épouvante !
Sort-il donc de la tombe, ou de l'enfer du Dante ?
Sa pâleur... son regard... C'est un maudit ! mais quoi...
Tu ne vois rien ?

ANITA.

Hélas !

BLANCHE.

En face !

ANITA.

Rien.

BLANCHE.

C'est moi !

S'approchant du miroir.

Ah ! mon esprit troublé me trompe sur moi-même !
Dieu ! ces traits inconnus... Ce visage si blême...
C'est Blanche Capello ! Cruelle et triste erreur !
Je m'égare à ce point que je me fais horreur !

ANITA.

Reprenez vos esprits...

BLANCHE.

Je me soutiens à peine.
Mais quelle est cette voix ?

ANITA.

Le grand-duc !

BLANCHE.

On l'amène !

A son terrible aspect que vais-je ressentir !
Ai-je à verser des pleurs ? Hâtons-nous de sortir...
Oh ! viens ! viens ! évitons ce tableau déplorable !
L'air me manque... ou m'étouffe... un poids sans nom m'ac-
Mon cœur plein d'un effroi reçu si brusquement,   [cable...
Tombe... et reste à l'état d'anéantissement.
Sortons.

SCÈNE IV

FRANÇOIS, Sa Suite, ANITA, BLANCHE.

FRANÇOIS.

Blanche ! c'est moi ! Blanche ! par pitié, reste !
Viens adoucir ma mort de ton regard céleste !...
Que j'exhale à tes pieds, avant de fuir le jour,
Avec mon dernier souffle un dernier mot d'amour !
Ah ! viens ! n'hésite pas... je le vois, tu tressailles...
Dieu ! quel horrible feu dévore mes entrailles !
Le lâche ! il m'a versé la torture et la mort...
Que ne m'a-t-il frappé d'un stylet tout d'abord !
Je ne souffrirais plus... mon frère m'abandonne...
Que fait-il ? je me meurs... il fuit !

BLANCHE.

Je le soupçonne.

FRANÇOIS.

Que dis-tu ? Ce soupçon me rendrait insensé...
Saurais-tu ?...

BLANCHE.

Je ne sais... je n'ai rien prononcé...

FRANÇOIS.

Je sens vers mon esprit comme une ombre qui monte...
Plus vague que le flot, plus terrible et plus prompte !...
Je voudrais au travers de son obscurité
Percer... rendre le jour à ma lucidité...
Mais c'est là quelque effet du mal qui me terrasse...
Il me vient un penser qui tout à coup s'efface...
Qui fuit avec mon mal et revient avec lui...
Qui me fait voir mon frère...

BLANCHE.

Assassin aujourd'hui !

FRANÇOIS.

Tu viens de raviver ma mémoire mourante :
Il était près de moi... tout à coup il s'absente.
Un frisson me parcourt et me glace en passant...
Une eau d'un froid mortel remplace tout mon sang...
Puis mon sein qui s'agite en tout sens se déchire...
Un monstre aux mille dents redouble mon martyre...
Un délire inconnu vient troubler ma raison
Qui cède avec mon corps à l'effet du poison.

BLANCHE.

C'est lui !

FRANÇOIS.

Vais-je mourir ! impossible ! je souffre ..
Je veux vivre... Mais quoi ! Sous mes pieds... C'est un gouffre

C'est la nuit! Ferdinand! la force fuit mon bras...
Tu veux donc m'y plonger? Eh bien! tu me suivras...
Viens! viens! viens! C'est la mort... la mort qui me harcèle.
Blanche... où donc est ta main pour me délivrer d'elle?
O mon Dieu! J'entrevois... Grâce! il est un pardon!
J'entrevois dans l'espace un immense abandon...
De votre éternité je m'approche avec crainte...
Mon Dieu! J'ai sur mon âme une si sombre empreinte,
Que pour quitter la terre il lui faut les transports
De la douleur qui tue et l'arrache du corps!
Non! je ne puis déjà devant vous comparaître...
Je veux vivre... régner... je veux... un prêtre! un prêtre!
Pour m'absoudre... Courez! le mal l'emporte enfin...
Où vais-je? qui m'entraîne? O Dieu! c'est donc ta main!..

Il se couche et tombe à terre.

BLANCHE.

Ciel! François!

UN SEIGNEUR.

Il expire!

UN AUTRE SEIGNEUR.

Il va cesser de vivre!

UN AUTRE SEIGNEUR.

Malheur à l'assassin!

UN AUTRE.

Il doit bientôt le suivre!

BLANCHE.

Ah! sur ce Médicis étendu devant nous,
Sur ce sceptre qui tombe et qui régnait sur vous,
Jurons d'exterminer cet être sanguinaire
Qui vient d'anéantir mon époux et son frère!

UN SEIGNEUR.

Il mourra!

UN AUTRE.

Le voici!

UN AUTRE.

Son visage éperdu
Décèle un art profond dans celui d'être ému.

SCÈNE V

LES MÊMES, FERDINAND.

FERDINAND.

Qu'ai-je appris! ô François! ô crime épouvantable!
Réponds... C'est moi! ton frère...

FRANÇOIS, se relevant à demi.

Arrêtez le coupable!

Il retombe et meurt.

FERDINAND.

Il perd le sentiment... Que dit-il? il est mort!
Il meurt en m'accusant! ô coup affreux du sort!
Mon frère, m'entends-tu? reviens! c'est impossible!
Parle... décharge-moi de ce poids si terrible...
Au chagrin de te perdre ajoutes-tu l'affront
De me laisser le crime et l'infamie au front!

De me laisser la mort! oh! ce que je redoute
Ce n'est pas la mort, non! c'est le soupçon, le doute!
C'est d'entendre aujourd'hui murmurer près de moi:
Voilà ce fratricide! oui, c'est mon seul effroi...
Messieurs, m'accusez-vous? Me croyez-vous coupable...?
Comment interpréter ce silence effroyable!
Grand Dieu! vous vous taisez! vous hésitez! et vous,
Vous, ma sœur?...

BLANCHE.

         De ces lieux emportez mon époux!
Je ne peux voir ces traits flétris par la souffrance...
Ces yeux ouverts semblant diriger ma vengeance...
Je crois l'entendre encor pousser comme un soupir
De justice et d'horreur... qui m'exhorte à punir.

FERDINAND.

Vous parlez de punir et c'est votre justice!
Je trouve donc en elle une autre accusatrice!
Ah! pour m'accabler tous si vous vous unissez,
Je refuse la lutte et je vous crie: Assez!
Mais n'allez pas juger que je m'en croie indigne!
Mon mépris pour mon sort fait que je m'y résigne!
Mon mépris pour vous tous me donne la fierté
De ne pas m'avilir dans mon adversité!
Je ne descendrai pas à vous donner d'excuse...
C'est un ressort commun et dont le crime abuse...
Qu'on m'apporte la coupe au breuvage inconnu!
J'y boirai le trépas comme François l'a bu.
Allez! je vous attends fort de ma conscience!

Un seigneur sort pour chercher la coupe.

On ne doit pas en vain suspecter l'innocence;
Elle se doit juger du haut de sa grandeur
Et tomber en géant de toute sa hauteur.

Puisse-t-elle éclater pour l'honneur de ma cendre,
Au jour où nul de vous ne pourra me la rendre!
Ce sera ma vengeance et mon nom sortira
Sans tache de la fange où le vôtre sera!

On revient avec le poison — Ferdinand va au-devant et s'en empare.

Vous, de l'éternité qui portez le message,
Et qui tenez la mort, donnez-moi ce breuvage!
François, je vais à toi! toi qui m'as condamné,
Tu vas bientôt savoir que je t'ai pardonné!

Il va pour porter la coupe à ses lèvres, mais Borello et Pazzi entrent tout à coup.

SCÈNE VI

LES MÊMES, BORELLO, PAZZI.

PAZZI.

Prince libre par vous... Que vois-je!

BORELLO.

                    Arrière! Arrière!
Qu'une bouche moins pure avant s'y désaltère!
Au coupable ignoré c'est moi qui dois l'offrir,
Et si sa main faiblit, je saurai la flétrir.

Il a pris la coupe en disant ces mots, et il la présente à Blanche.

Tiens, Blanche Capello, reprends ce don funeste!
C'est à toi que revient cette moitié qui reste!
Ton cœur de son limon a formé ce venin...
C'est ton bien, reprends-le! qu'il rentre dans ton sein!

Blanche hésite à prendre la coupe.

Bois, fille de Venise! Ah! tu trembles, duchesse!
Ne saurais-tu donc vivre et mourir sans bassesse?
Va rejoindre là-haut le fils que j'ai perdu!
Que dis-je! Y mêle-t-on le crime et la vertu!
Non; près de ton époux l'Éternel te réclame...
Au séjour des méchants va-t-en porter ton âme!
On te pardonnera dans ce lieu de damnés...
Dans ce pays du crime où tous deux êtes nés!
Allons! bois... ton époux enfin s'impatiente...

BLANCHE.

Eh bien! je ne veux pas prolonger son attente :
J'ai pu quelque moment m'émouvoir et pâlir...
Je songeais au destin qui semble m'assaillir.
Mais j'ai tout mérité, ton insulte et ta haine...
Heureuse si ma mort peut adoucir ta peine!
Ton fils fut le martyr de mon cœur inconstant,
La fin de ses bourreaux le venge... es-tu content?

Elle prend la coupe et boit.

A l'oubli de mon nom! à ton règne, mon frère!
Anita, soutiens moi... Quelle liqueur amère!
Ah! j'ignorais encor ces atroces douleurs...
Mais je saurai mourir... je vous maudis... je meurs...

On l'emporte.

PAZZI.

Nos tyrans sont éteints et Florence respire!
La liberté renaît et reprend son empire!
Le peuple, par ma voix, va l'apprendre à l'instant
Et célébrer le nom du grand-duc Ferdinand.
Prince, acceptez de nous cette lourde couronne
Que tant de fronts hautains prennent sans qu'on leur donne;
Pour la porter sans peine il n'est qu'un seul soutien :
C'est le bras populaire! Alors son poids n'est rien!

FERDINAND,

Le trépas du grand-luc me servira d'exemple.
Au Dieu de la patrie allons ouvrir un temple,
Et jurons sur l'autel, où je sacrifierai,
Que l'amour du pays est un devoir sacré !

IMPRIMERIE CHAIX, RUE BERGÈRE, 20, PARIS. — 11114-5-93. — (Encre Lorilleux).

www.ingramcontent.com/pod-product-compliance
Lightning Source LLC
Chambersburg PA
CBHW071122260626
47162CB00006B/2420